悪徳令嬢はヤンデレ騎士と復讐する

人物紹介
Characters
ウェルナー
レーウェン伯爵家の嫡男で、
前回の人生でロエルを殺した人物。
母姉に虐げられ、歪んだ人生を送っていた。
今回の人生ではロエルに
執着した様子を見せるが……?
ロエル
ファタール公爵家の長女で本作の主人公。
王太子ルカとの婚約破棄をきっかけに、
王宮内の陰謀に巻き込まれ、前世では失脚。
蹂躙の日々を送る。逆行を機に復讐を決意。

アグリ
ロエルの母を毒殺した王妃。
無気力な国王に代わり、
王宮の実権を握る。
狡猾で抜け目がない。
ルカ
ロエルの元婚約者で
王太子。
留学先でマノンと恋に落ちる。
母・アグリより苛烈な
教育を受ける。
ティラ
ルカに見初められた少女。
癒しの力を持ち、
前回の人生ではロエルに
自死封じの呪いをかける。
レヴン
口封じのためにロエルの妹を
手に掛けた若き宰相。
隣国侵攻の野望を持つ。
好色家な一面も。
トラビス
嫉妬心から副団長である
ロエルの兄を謀殺した騎士団長。
直情家だが、
屈折した葛藤を持つ。

序章　私が私を殺す日

エディンピア王国。

豊かな自然に恵まれ、四季の恩恵を強く受けるこの国は、花の楽園と呼ばれている。

そのため、貴族は皆、家紋に植物を使っていて、中でも名門とされるのは、ウィスタリアの花の紋章を持つファタール公爵家。そしてその娘……ロエル・ファタールとして、私は生まれた。

優しく思いやりを持って。正しくありなさい。亡くなった父の考えだ。

そんな考えに賛同した母は優しく、領民想いの統治を行い、花を愛していたこともあって、領民から花の女神なんて呼ばれていた。

兄は副騎士団長として民の為に戦い、仲間を庇って怪我をしていた。兄の五つ年上で、国で最も優秀とされているトラビス騎士団長からも、「時に愚かしくも思えるが、背中を預けられる唯一の男だ」と、認められていた。

妹は、公爵家の令嬢という恵まれた立場で生まれたのだからと、学ぶことにひたむきだった。
二十六、歴代最年少で宰相に就任し、最も聡明であると謳われたレヴン宰相にもその才能を買われ、将来秘書として欲しいとまで言われていた。

そして、エンディピア王国の王子、ルカ・エディンピアの婚約者に選ばれ、次期王妃の座についた私も、父の言葉を胸に留めながら人生を歩もうとしていた。

城で行われる王妃教育は辛く、ときには暴力や罵声すら伴う。

王妃教育を行っていたのは、ルカの母であるアグリ王妃と、彼女の側近たちだった。

私は将来、国の母となる。王妃教育が苛烈《かれつ》になるのは当然で、なにより婚約者のルカの励ましもあったから、辛くなかった。

『俺と共に、優しい国を作ろう。皆が平和に暮らせる国を』

しかし、厳しい王妃教育の果て——その歪《ゆがみ》は始まった。

ルカは見識を広げるため、十五歳の春から三年間、他国に留学することが決まっていた。

期限付きの別れ。それまで一緒にいた私達にとっては、途方も無い時間のように感じられた。

もちろん、弱音は吐いていられない。王妃教育はどんどん厳しくなっていくばかりで、俯く余裕なんてない。それに留学中、ルカは半月に一度必ず手紙を送ってくれた。その手紙を読んでいる時、張り詰めていた緊張の糸がほぐれるように、喜びを感じていた。

『お前の瞳と同じ色のペンダントを見つけた。持っていてくれ』

角ばった文字を指でなぞり、想いを馳《は》せる。ペンダントが届いた時は一日中眺めていた。

だが、ある時から手紙が送られてくる間隔が、ひと月、ふた月と伸びていった。封筒に入れられた便箋の枚数も減っていき、手紙のやり取りは一方的な習慣に変わった。

彼は忙しい。当然のことなのに、妙な違和感や不安は拭《ぬぐ》えない。

なにか、あったのではないか。

焦燥《しょうそう》を抱えたまま、私もルカも十八歳となる春を迎えた、
エディンピア王国では、四季の始まりに王家主催のパーティーが開かれる。しかし、私とルカが十八歳になった春は、パーティーの前にルカの帰還式が開かれることになっていた。

ルカは鮮やかな色を好んでいた。

ひときわ好んでいたのは、太陽に向かって朗らかに咲くひまわりの色だ。ひまわりに似たドレスが好きだとよく言っていた。だから私は帰還式には繊細で鮮やかな金糸を紡《つむ》いだドレスを着て向かったのだ。

春のパーティーは王宮庭園で行われた。エディンピア城の庭園は、数百と花が植えられ、数多《あまた》の庭師によって四季折々姿を変える。その日は優しい陽光を感じさせる飴色の花と、甘やかな淡い色味の花が咲いていた。恋により花に姿を変えてしまった女神にちなんだ花と、花びらの形がひらひらと舞う蝶のようだから門出の象徴ともされている花だ。今思えば、大層な皮肉だ。

帰還式で、私はルカの隣に立つはずだった。しかし当日、式典の流れが変わったと伝えられ、私は招待客の一人として、会場に入ることになった。

不思議に思う私は、式が始まり、現れたルカを見て愕然《がくぜん》とした。

彼の隣、私が立つべき場所には、可憐なひまわり色のドレスを着た、愛らしい少女が立っていたからだ。少女の名前はティラ。歳は、私とルカのひとつ年下の、十七歳。ルカが留学先の国から連れてきた村娘だった。留学先の学び舎《や》で、二人は出会ったらしい。

ルカの留学先では、貴族も平民も関係なく寮に入って、学校へ通い勉強をする。長い間一緒に過ごしている間に、お互いを想い合い、かけがえのない存在になったのだとルカは式で語った。

彼はティラを連れて帰った。自分の国へ。妃として迎え入れるため。

王族と、他国の村娘。本来ならば隣り合うことすら赦《ゆる》されぬ二人だが、ティラは聖なる力を持ち、どんな傷も手をかざすだけで魔法のように癒やすことが出来る『神の力』を持つ娘だった。

エディンピア王国に、そんな力を持つ者はいない。

ルカのみならず、国全体がティラの力を欲した。

国が栄えるならば、そしてルカが望むなら、私はティラが王妃で構わなかった。


「聖女ティラを正妃に、ロエル・ファタールを側妃にし、跡継ぎはロエルの子とする」

王の命令により、長い長い地獄が始まった。

ルカの父である国王は王家に他国の血を入れることを拒否したのだ。

王族の一夫多妻制は妃同士の嫉妬による争いが多発したため、とうの昔に廃された文化だ。それが時を越えて復活した。

ティラの教育係や補佐を務めるならまだしも、「側妃」だなんて。

王の決定に忌避感《きひかん》を抱いたのは、私だけではない。ティラも同じだった。

ティラは最初、私を尊敬し、好きだと言った。清らかで無邪気な彼女は、騎士団に差し入れをしたり、気難しい夫人たちともあっという間に打ち解けてしまった。

まさに、ひまわりのような少女だった。

けれど、王の采配以降、ティラは私の立場が悪くなれば、自分がルカの唯一の妃となれると考え、私に関する根も葉もない被害を周囲に吹聴《ふいちょう》した。

無視をされた。侮辱された。ドレスを切り裂かれた。階段から落とされそうになった。

ロエル様が。ロエル様に。必ず私の名前が先頭に来る被害報告は、どんどん過激さを増していく。

根も葉もないことなのに、みんな、彼女の味方をする。

「正妃様に嫌がらせなんて。嫉妬はなんて恐ろしいのだろう」

「ロエル様も追い詰められているのでしょうね。立場がなくなってしまって」

「しかし、最近はいささか度が過ぎているご様子……」

ティラの言葉が正しいものなのか、調べもしない。

私が身の潔白を訴えても訴えても信じてもらえず、まるで実を結ばぬ徒花《あだばな》のような日々が続き、いつしか私は、嫉妬に狂い正妃を苛《さいな》む悪女として名を馳《は》せていた。

王は決して側妃の任を解かない。王妃は、「噂なんて気にして恥ずかしいとは思わないの」「くだらない噂くらい自分で対処しなさい」と言い、裏では「私の教育が無駄になりそう」「火のないところに煙はたたないと言うものね」と側近と話をしていた。

ティラの言葉を鵜《う》呑《の》みにしたルカは、顔を合わせれば暴言を吐き、罵ってくる。

四面楚歌のなか、春の終わりに兄が死んだ。訓練中、騎士団長を庇い谷から落ちたらしい。死体が発見されなかったが、生存は絶望的だった。

夏の終わり、妹が行方知れずになった。兄の事故現場である谷に入ったのではというのが、その叡智《えいち》より歴代最年少で就任した、若き宰相の見立てであった。

秋の半《なか》ば、隣国エバーラストの皇帝が病死した。エバーラストは多くの火山、鉱山を抱える大国で、エディンピアと元は地続きの国であったが、地殻変動により深い谷が出来て、切り離される形となった。戦いは傷ついた人を助けるためだけに行うと決めていてる国で、戦争に前向きではない。国を統べるのは、二十代半《なか》ばの若き皇帝だという。民からも側近たちからも信頼されており、皇帝の突然の死にエバーラスト全体は混乱に陥った。エディンピアは、その隙にエバーラストに奇襲を仕掛け、大勝を果たした。

そうした動乱の秋、母が病気になった。

突如不幸が連続したファタール家に手を差し伸べてくれたのは、ルカの母でもあるアグリ王妃だった。貴女は大変だからと、薬師を紹介してくれたが、それから間もなく母は死んだ。

そうして一人ぼっちになった冬、なんの脈絡もなく、私はティラの殺害を企《くわだ》てた罪で投獄された。

本来、死刑がふさわしい罪状だ。けれど、私を憎みきっていたルカが、死という救済をくれるはずもなかった。

「お前に最後の贈り物をしよう。自死封じだ。永遠の中で苦しめ」

鉄格子を間に挟んで聞いた、ルカの言葉。

私に手をかざし微笑むティラ。彼女は、相手が生きてさえいれば、どんなに大きな怪我をしていても、たちまち治すことができた。「死なせない」という点で、絶対的な力を持っていた。相手の死にたいという気持ちを無視して、自分からは絶対に死ねないよう、体を支配することすら、可能とする。

つまり、私は自らの舌を噛み切ることも、首をくくることも、何もかも出来なくなった。何百万回試したのだ。それでも、あの術から逃れるすべはない。

誰かに、殺される以外には。

ティラは国の宝で、みんなに愛されていた。そんな少女を殺そうとした女には、なにをしてもいい。牢に入ってからは、訪《おとず》れる者たちに蹂躙《じゅうりん》される日々だった。

呼吸する間もない地獄の中、昼夜問わず苛《さいな》まれ続ける私のもとへ、三人の見物客が代わる代わるやってきた。彼らは私が苛《さいな》まれる姿を鑑賞しながら、家族がどんな仕打ちを受けたのかを雄弁に語った。

騎士団長いわく、優しい私の兄は、その実、騎士団長にとても疎《うと》まれていたらしい。自らの騎士団長という地位が脅かされたことで、兄を小屋の下敷きにし、死にゆく兄を小屋の前で眺めたと語った。

宰相いわく、愛らしい妹は、兄の行方を探す過程で宰相の『秘密』を知ってしまったらしい。その告発をしようとした結果――海の底に沈められたそうだ

王妃いわく、優しい母はかつて、現王妃と国母の座を奪い合っていたらしい。

母は父と結婚し、私の妹が生まれてすぐ亡くなった父にかわって、女主人としてファタール公爵家を継いだ。嫁入り夫人が家督《かとく》を継ぐのは本来ありえないことだが、かつて国母たる素質を持っていた者として、ファタール家の親族が自ら進んで母に譲り渡した形だ。

そして母は周囲の期待に応えながら采配を振るっていたが、王妃はそんな母が気に入らず、毒殺した。王妃の毒見役は毒師としての顔を持つ。その人物に命じて病死に見せかけることなんて造作もないと笑っていた。

母は突然病死したのではなく、毒殺だったのだ。

つまり私の家族はみな、邪悪な者たちが自分たちの一方的な願いを叶えるための、踏み台や犠牲《ぎせい》にされていたのだ。

なのに私は何も出来なかった。何も知らなかった。邪悪な者たちは格子の向こうで笑っていた。

私をあざ笑いながら、安全な場所で。

真相を知ってもなお、地獄は続いていく。脱獄の暇などない。毎日、同じことの繰り返しだ。

助けなんて来ない。理解していた。誰も私を助けてくれない。感覚も一向に鈍くならない。歯向かえば殺してもらえる。そう思ったこともあったけど、最後はみんな手を止めた。でも、何度目かの冬の途中――、

「死ね……死ね……死ね！　死んでくれ！　俺のこと、馬鹿にしやがって！」

今、ただ一心に私の首を絞めるこの男は、本気で私を殺そうとしているらしい。

この地獄で二度目の冬を過ごし、初めて見る顔だった。

凍てつく牢の中、怨嗟《えんさ》が響く。

「女なんか嫌いだ。何が母親だ。姉だからだ。皆死ねばいいんだ！　俺を馬鹿にして、見下して、男娼《だんしょう》のように扱って！　消えろ、消えろ！　俺は普通になりたいんだ、俺を汚すな！」

ぼたぼたと、頬に涙が落ちてきた。私と同じだとすぐに分かった。誰にも助けてもらえなかった人。同情してしまいそうになった。こんな感情は、狂気の沙汰だ。

でもこんなにも穏やかな気持ちなのは、これで終われるからだろう。家族もいないこんな世界で生きていく時間なんて、私にはいらない。

「……あなたの、なまえは」

「え？」

問いかけると、男は目を見開いた。

狂気のふるまいをしておいて、名前を問われただけで戸惑うなんて。

無垢《むく》な瞳、私を殺したことを後悔しそうだな……と、他人事《ひとごと》のように思う。

彼は戸惑いがちに、「ウェルナー」と呟いた。視線がかち合う。久しぶりだった。

家族が死んでから、久しぶりに、悪意のない目を見た。

「……ウェルナー・レーウェン」

私は、彼の名前を声でなぞる。

これで家族に会える。心の底から笑顔が浮かぶ。なのに首を絞めていた力が弱まった。彼は驚いた顔で私の頬に手を伸ばす。幸いなことに、私の意識は遠のいていくばかりだ。

「あり……がと……う……ウェルナー……たすけて、くれて」

貴方のおかげで、この地獄が終わる。だからそんなに哀《かな》しそうな顔をしないで。

私もウェルナーの頬に手を伸ばす。彼の手と私の指先が触れ合う寸前で、暗闇に飲み込まれた錯覚を覚えた。牢の中は冷たかったけれど、身体が温もりで包み込まれるようだ。優しい闇の中、微睡《まどろ》みに誘われながら、私は救われたのだと確信した。

これで、かぞくみんなのもとへ、かえることができる。

……はず、だった。なのに、

「身体が縮んでいる……？」

瞼《まぶた》の裏に強い光を感じて目を開くと、私は地下牢の冷たい石の上ではなく、かつて住んでいた家の寝台の上にいた。目の前には、私の首を絞めていたはずの男もいない。

鏡をのぞけば、薄灰色の冷たい瞳で、長い銀髪の女が愕然《がくぜん》としている……これは、間違いなく私だ。鏡を見ているのだから。でも、どこも怪我をしていない。着ているのも、牢の中でかろうじて着せられていた白の寝衣ではなく、肩に花文様のリバーレースが重ねられた黒の寝衣だ。

これは私の誕生日に妹から贈られたもので、お揃いの品でもある。

周りを見渡せば、冷たく生臭い匂いの染み付いた石造りの牢ではなく、大きな窓に日が差し込む、清潔な寝室だっていた。伝統ある美術様式の棚には、母からもらった花の図鑑や、兄が集めている無骨な置物のあまりが並んでいる。ようするに、ここは私の部屋だ。

あたりをもう一度見回していると、ばたばたとした足音が響いてくる。

「ねぇ聞いてよ姉さん！　殿下の帰還式のドレス、兄さんがじゃがいもみたいな色って言ってくるの！　シェルピンクって言ってるのに！　シェル！　ピンクって！」

妹のエルビナが兄のディオンを引きずりながらやってきた。

私の二歳年下の妹、エルビナは、私と同じ髪色と目の色をしている。若干のツリ目であるところまで同じだが、私は冷たそうな顔だが、エルビナはかわいい。髪型は長く伸ばしている私と違い、暑いからと肩先のあたりで切っている。明るい色の服を好み、リボンやレースをふんだんに用いたものを好んで着るが、今日は控えめだ。

「痛い痛い痛い引っ張るなって！　お前がこのドレスどう？　って聞いてきたから答えたんだろ！　それにじゃがいもじゃなくて、じゃがいもの皮を剥いた後の、ちょっと放置した内側だって！」

私の四歳年上のディオンは、私とエルビナより髪が若干明るく、よく寝癖をそのままにしていることが多い。やや幼い顔立ちで、エルビナと同い年だと間違えられることも多々ある。白いシャツの上から、騎士団のベストと上掛けを羽織っているから、これから仕事に行く所……なのだろうか。

「どちらでもいいわよ！　最悪な答えに変わりないもの！」

エルビナは右手にドレス、左手に兄のディオンの襟首を握りしめ、こちらに迫ってくる。

「ねぇ、姉さんどう思う？」

そう問われて、ハッとした。この会話は、ルカが国に帰ってくる半月前に行われたものだ。つまり私は今、十八歳で、妹のエルビナは十六歳、兄のディオンは二十二歳……

そして前の私は、ルカのことばかり気になり、エルビナには「どうでもいい」、ディオンには「騒がないで、出ていって」と、そっけない返事をしてしまった。

時間が巻き戻っているのか。それとも、同じ人生を最初から二回歩んだ果てに、今、過去の記憶を取り戻したのか。どちらにせよ、二人が生きている。二人が、生きている！

「エルビナ！　ディオン！」

私は二人に抱きつく。二人は戸惑いながらも受け止めてくれた。

二人が、生きている。心臓の音も聞こえる。体温もある。どこも傷ついてない。

「生きてる……」

「どうしたのお姉様……まるで私達がお墓から這《は》いずり出てきたみたいな言い方じゃない」

エルビナが戸惑う。

「でも、私、本当に、二人が生きてることが、信じられなくて……」

「なんだ寝ぼけてるのか？　ロエルが寝坊するなんて珍しいって母さん心配してたけど……夜ふかしもほどほどにしろよ？」

ディオンが呆《あき》れた様子で言う。母が生きている！

私は戸惑う二人を置いて、廊下を駆《か》けた。広間につながる階段を下りるにつれ、果実の甘い香りが強くなってく。庭につながる窓の側、お菓子のような姿で咲く花々の前に、母はいた。

「お母様っ！」

私はそのまま母へ向かって飛び込んだ。走ることも、階段を転がるように降りることも、大声で誰かを呼ぶことも後ろから抱きつくことも、全てはしたない。次期王妃として失格のこと。でも、ずっとずっと恋しかった家族が皆生きている事実に、どうにもならない感動が体の中を駆《か》け巡っていた。

「お母様が生きてる……！」

「悪い夢でも見てしまったの？　もう、泣かないの。私も悲しくなってしまうわ」

ぽろぽろと涙を零す私を、母は優しく受け止めてくれた。

ウェーブがかった髪に、優しい瞳。この瞳はディオンが受け継いでいた。色は、私とエルビナが。聖母のよう……そんなふうに称される母の容姿を、私達は少しずつ受け継いだ。

私たちの、お母様。後から私を追ってきたらしいディオン、エルビナが困った顔をしているが、嬉しくて仕方ない。皆が、生きているのだから。

「うん。怖い夢……だったのかもしれない。だって皆が――」

私は涙を拭《ぬぐ》いながらこの瞬間に感謝して――気づいた。

今、家族は生きている。しかしこのままだと、春に兄が、夏に妹が、秋に母が、邪悪な捕食者に殺される。今、季節は冬、これから先何が起こるのか、私は知っている。

だからこそ最悪の結末を防げる……かもしれない。

「ロエル？」

揃《そろ》えるように、家族の視線が私に集中した。突然泣き止み、無表情になった私を心配している。

「大丈夫。なんでもないの、悪い夢を見ていただけだから」

誤魔化《ごまか》すけれど、ディオンもエルビナも騙《だま》されてはくれない。

「そうは思えない。その顔、なんかあったな。言え。俺の目は誤魔化《ごまか》せないぞ」

ディオンはいつもふざけた調子で話すのに、まっすぐ私を射抜いた。

それでも言葉を紡《つむ》げない私の手を、エルビナがぎゅっと握る。

「教えてくれるまで私はお姉様を離さないわ」

ふたりとも、私を心配してくれているのだ。でも、ディオンもエルビナも殺されてしまうなんて、本人に言えるはずがない。二人を怯えさせてしまう。

「二人とも、ロエルを困らせないの」

やがて、母がゆっくりと言った。

「お母様！　お姉様は困ってるのよ？　私達はそれを解決したいの。弱音なんて吐かないお姉様が涙を見せるなんて、よっぽどのことだわ」

「そうだ母さん。なんとかしないと……」

二人は反発するが、母は静かに首を横にふる。

「無理に聞いても、余計相手を苦しめてしまうだけでしょう？　優しさは押し付けるものではないわ。そっと相手に渡すもの。ロエルが話をしたくなるまで待ってあげないとね」

母は私を見据《す》えたあと、二人に目をやり、「朝食にしましょうか」と微笑む。ディオンとエルビナは納得がいかない様子ながらも、私から体を離した。「今日は危なっかしいから」と、私の右腕、左腕をそれぞれつかみ、支えるようにして歩き出す。

そうして私、ディオン、エルビナ、母……四人で広間に向かう途中、私は廊下に飾られている父の肖像画《しょうぞうが》に視線を向けた。

生前の父は私によく正しさと優しさ、思いやりについて説いていた。私も、自分が損をしても相手のために何かをすることは美しいと感じていた。

でも、もう無理だ。慈悲も献身も、決して私達を救ってくれなかった。何も役に立たなかった。

優しさは、利用される。愚か者に付け入る隙を与えてしまう。

でも父を恨みはしない。だって悪いのは善意を貪《むさぼ》る邪悪だ。邪悪が存在するから悲しみが生まれる。優しい人が失われてしまう。

だから、私が全て奪おう。家族の命を奪った者たちが、二度と立ち上がれぬように。

私が邪悪を貪り尽くす。優しい人が苦しまないように。

何をしてでも。

第一章　絶対に欲しいもの

死んだことがきっかけでやり直しの機会が得られたのなら、家族が幸せになるまで何度でも死んでやり直し続ければいい。しかし、また死んで時間が巻き戻る確証はない。前回のようにティラに死ぬことを封じられたら、巻き戻りが出来なくなるかもしれない。

だからこそ、ルカ、ティラ、騎士団長、宰相、王妃、全員排除するにあたって、自死封じを回避する手立てが絶対に必要だった。

「はじめまして、ウェルナー・レーウェン様」

白雪が空を舞い、地面では桃色のリボンを重ねたような花が霜風になびいている。ここは、レーウェン家の中庭だ。

その中心に立ち木剣を握りしめながらも、彼は私を食い入るように見つめている。

私を殺した男。

夜と夕焼けが混ざった青紫の瞳の彼は、今年二十四歳になるらしい。私と六歳違いだ。今日が雪の果てになりそうだが、寒いだろうに、白の中着と黒のスラックス、黒のブーツと軽装だった。

「雪が、かかってしまいますよ」

彼の淡いクリームブロンドに、細雪がじわじわと積もってしまう。微笑みながら、私は自分が差

していた傘に彼を入れた。背が高いからか、腕を高く伸ばさなければいけない。

「どうして……ここに……貴女が？」

彼は愕然《がくぜん》とした様子で問う。

私はエディンピア王国王子、ルカ・エディンピアの婚約者、ファタール家の公爵令嬢として、社交界で知られた存在だ。王家主催の茶会には欠かさず参加していたし、一方的に知られていてもおかしくない。突然次期王の婚約者が現れたことに、驚いているのだろう。彼はややあってから、すぐに姿勢を正した。

「あっ、も、し、失礼いたしました。ま、まさかファタール様が我が屋敷にいらっしゃるとは……ほ、本日は一体どのようなご用件でしょうか……？」

取り乱しながらも、儚げで怜悧《れいり》な雰囲気が損なわれない、雪のように冷たく、息を呑むような美しさを持つ、ウェルナー・レーウェン。

外見だけで判断すれば、非の打ち所がないように見えるが――、

『女なんか嫌いだ。何が母親だ。姉だからだ。皆死ねばいいんだ！　俺を馬鹿にして、見下して、男婦のように扱って！　消えろ、消えろ！　俺は普通になりたいんだ、俺を汚すな！』

殺された時の記憶から察するに、彼は母と姉から虐《しいた》げられている。

だから、姉と母が茶会に出席したときを狙い、会いに来た。屋敷の人間はいい顔をしなかったが、伯爵家の使用人が公爵家の令嬢を追い出すことは出来ない。前は家格を振りかざすことは嫌いだったが、そんなこと今はどうでもいい。

「突然の訪問は失礼だと、承知の上で参りました。どうしても、貴方のお力が必要なので」

私は人を殺せる人間が、是非とも欲しい。

人は、簡単に一線を超えられぬよう出来ている。しかし彼は、偶発的だが決して人が超えてはならぬ一線を踏み越えた。だからこそ、私は欲しい。冥闇《めいあん》を共に歩めるであろう存在が。

この男はその素質がある。私を殺してくれた、人殺しなのだから。


「え、えっと、紅茶になります」

「ありがとうございます」

レーウェン家の客間に通された私は、ぎこちなく紅茶を淹《い》れるウェルナーを眺めていた。

この屋敷に来るにあたって、騎士団の副団長である兄に、ウェルナーについて聞いた。騎士団は治安維持のため各地を巡回しており、家々の事情にも詳しい。私の読みは正しく、兄はウェルナーについて知っていた。

「当主様がご不在のときに、こんな形でやってきてしまってすみません」

私は再度謝る。

「いえ……こちらこそ、お越し下さりありがとうございます。あの、お目にかかれてとても光栄です……とても、あの、嬉しいです」

ウェルナーは、取り乱しながらも、私から視線を外すことはない。私は微笑み返しながら、兄からの情報を思い返す。

兄の話によるとウェルナーもまた早くに父を亡くしているのだという。ウェルナーが家長にあたるはずだが、それは名義上のことで、実質的な権力を握っているのは、彼の姉と母親らしい。

本来エディンピアでは、女性が家督《かとく》を継ぐことは認められていない。家長が死んでその家長に姉妹がいても、遠い親戚の男性が選ばれるか、生まれて間もない男児にしか、家督《かとく》は与えられない。親族に男がいなければ、婿をとることになる。私の母がファタール家を継いだのは、異例中の異例のことだった。ファタール家の一族全員が母が家長となることに賛同し、領民や他の公爵家、王族も認めたからだ。

レーウェン家では、夫人と姉に家督《かとく》を継ぐことは認められなかったはず。

なのに目の前のウェルナー・レーウェンは、とても一家の主とは思えぬ様相だ。黒のスラックスに、白いシャツと、まるで使用人のような装《よそお》い。家長お茶汲みなんて本来やり方すらわからないはずなのに、随分と様になっている。

この国の男は、王族やよほど体に問題がある人間でない限り、十八歳から二十八歳まで騎士団に入る決まりだ。しかし貴族ならば、騎士団への寄付により兵役を免除される。そうした場合、「虚弱」で片付けられる。ウェルナーもまた、虚弱を理由に入団を免除されていた。

しかし、ウェルナーの身体は服の上から見ても引き締まっていて、先程も訓練をしていたようだった。状況だけで判断するならば、夫人やウェルナーの姉は、彼を騎士団に行かせることもせず、男娼《だんしょう》や使用人として虐《しいた》げている……と想像できる。騎士団に所属する兄は「虚弱で婚約者もいないから、その分溺愛しててさ」と口にしていたが、そんな生易しい関係ではない。母と姉に弄《もてあそ》ばれていた男娼《だんしょう》は、いずれ人殺しとして完成してしまうのだから。

表では母と姉を支える秘書の真似事を。裏では男娼《だんしょう》としての生活を強いられ、婚約者すらあてがわれることがない。木剣を持っていたということは、戦いに興味があるのだろう。それならば、騎士団にも入れなかったこの生活に、不満を抱かないはずがない。

私はウェルナーを見据《す》えた。

「最初に、お伝えしておきます。私は、貴方に私の騎士になっていただきたいと思っております」

「貴女の……騎士に？　俺が？」

ウェルナーは信じられないと言った様子で、何度も瞬きをする。

その眼差しに拒絶の色は見えない。むしろ期待が滲《にじ》んでいるようにも感じた。

この男は、私の騎士になる。しかし油断を見せてはいけない。絶対的な忠誠を誓わせなければ。

「私には目的があります。それを貴方に手伝って欲しい」

「目的、とは」

「とても難しいことですが、まず貴方にはここを出ていただきます。代わりに私は、貴方の暮らし、営みすべてを保証します。よろしいでしょうか？」

真っ直ぐ誠意を持って伝える。この男は私を殺す時、錯乱状態で、かなり追い詰められていた。私を母や姉に見立て殺していた。

きっと思い込みも激しい。突然降って湧いた幸福に飛びつかぬはずがない。

「……どうして、俺なのですか」

なのに、彼は無垢《むく》な瞳で問いかける。

ふってわいた幸せに飛びつかないあたり、私の見立てより賢いのだろうか。男娼《だんしょう》扱いされながらも、自らの家にすがりついていたが……いや、賢いからこそ、逃げなかったのか。貴族とはいえ、全てを放り出してここから逃げても、行き場なんてどこにもないと分かっていたから。

「貴方しかいないと思ったのです。初めてお話しして、信じていただけないことでしょうが、私は自分の目的を果たすことを決めたとき、願いを叶えてくれる存在として最初に思い浮かんだのが貴方だった」

嘘偽りはない。しばらくして、彼が感極まった様子で大きく頷《うなず》く。

「はい……はい！　俺は、貴方の剣になります！　この命、貴方にすべて捧げます！」

かかった。

思わず口角が上がりそうになるのをじっと堪《こら》え、私は目を細めるだけに留めた。

優しい救世主に見えるように。何があっても助けてくれる、そんな存在だと偽るために。

「捧げる必要はありません。ただ、貴方私より必ず長く生き、望むように生きて、好きなように行動していただければ、それが私の幸せに繋がります」

「はい……！」

星のような、目の輝き。

計画通りであるが、どこか得体の知れない、悲願の達成のようなものがこめられた瞳に不安が過《よぎ》る。

「俺っ……頑張ります。絶対に貴女を最期まで守り抜きます！」

「よろしくお願いします。ウェルナー様」

私はウェルナーに手を差し出す。彼は驚いた顔をして、首を横に振った。

「お身体に触れるのは、俺が役に立ってからで……それと、俺のことはウェルナーとお呼びください。もう俺は、貴方の剣なのですから」

そう言ってウェルナーはかしずく。私はそのまま、彼を連れて屋敷を出た。


今日、ファタールの屋敷を出る時、母にも、兄にも、妹にも——そして本来使用人を管理する家《か》令《れい》にすら、ウェルナーについて言わなかった。虚弱とされ騎士の義務から外れた、それも年上の男を屋敷に連れてくるなんて、絶対反対されるに決まっているからだ——故に。

「突然レーウェン家について聞いてきたと思ったら……秘書にするってどういうことだよ！　しかも夫人も姉にも了承を得てないって……！」

夕焼けが照らす部屋で、ディオンが顔を歪める。

ウェルナーを連れ帰り、広間にいた家族みんなの前で彼を自分の従僕にすると宣言した結果、私はエルビナとディオンの二人に引っ張られ、正気を疑われることとなった。

そのため今、母とウェルナーが二人きりになってしまっている。とはいえ使用人達はいるし、ウェルナーの様子も落ち着いている。問題はないだろうけど、不安だ。

「レーウェン家との繋がりなんて殆《ほとん》ど無かったじゃない！　突然従僕にしたがる姉さんも、のこのこついてくるあの男もおかしいわ！　悪いことを考えてるはずだわ！　返してきましょ！」

妹のエルビナが切実に訴えてきた。確かに私は、悪いことを考えている。

そして普通はこういう反応だろうな、とも思う。

ウェルナーをファタールの屋敷に連れ帰るまでが順調すぎたのだ。彼は男娼《だんしょう》として都合よく扱われることに慣れていたからか、「今日このままお屋敷に向かえばいいのですよね」と、着の身着のまま都合よく連れて帰ることが出来てしまった。

自分の身で考えれば蹂躙《じゅうりん》の記憶が蘇《よみがえ》るものなんて、新天地に持って行きたくない。視界に入れたくない。だからウェルナーの気持ちも理解できるが、物知らぬ幼児でもない男が見ず知らずの人間についてくる――物事があまりに上手くいきすぎているという不安は、正直なところかなりあった。

「俺が代わりに返してもいいぞ。それに……会いにいくなんて思ってなかったから、朝は言ってなかったけど、レーウェン家の夫人も令嬢も、すげえ苛烈《かれつ》なんだよ。溺愛してるあの男が連れ去られたって聞いたら、いくらうちのほうが家格が上でも乗り込んで来るぞ」

「望むところよ」

私は即答した。これから私は騎士団長や宰相、王妃を手にかけなければいけない。兄と妹、母を守るためにだ。レーウェン家の母子《おやこ》くらい処理できず、国など支配できない。

「ロエル様！　ディオン様！　エルビナ様！　大変です」

侍女による激しいノックの音が響いた。エルビナが「なによ」と煩《わずら》わしそうに返事をする。

「大変です！　レーウェン家夫人エマ・レーウェン様、およびご令嬢サリー・レーウェン様が、ウェルナー様を返してほしいと門で激しく訴えております！」

家令《かれい》の焦り声が部屋に響く。私はすぐに部屋を出た。


「息子を返してちょうだい！　公爵家とはいえ、いくら何でも横暴だわ！」

「そうよ、私達がいったい何をしたって言うのよ！」

玄関ホールで叫ぶレーウェン家の母娘を、私は二階の回廊から見下ろす。

茶会を終え屋敷に戻った夫人と娘は、自分のもとから離れた息子について聞くやいなや、その足で公爵家へやってきたらしい。突然屋敷に来るなんて非常識この上ないが、私自身、突然レーウェン家を訪《おとず》れ、ウェルナーを攫《さら》った形だ。こちらが始めた非常識だから、何も言えない。

「衛兵を呼びましょうか」

先程までウェルナーと話をしていたらしい母が言う。私は母の隣にいたウェルナーを一瞥《いちべつ》した後、「貴方はここにいて」と命じ、私は一階の母娘に視線を向けた。

「お母様、衛兵を呼ぶのは待ってください。私が話をつけてまいります」

そう言って階段を降りようとすると、兄のディオンが私の腕を掴んだ。

「やめろ。だいたいその男を返せばいいだけだ。だいたいどうしてこんな突然――」

私がウェルナーを連れてこなければ良かったと言いたいのだろう。でも、私にはウェルナーが必要だ。彼の狂気なくして、復讐は成し遂げられない。

「私にはやりたいことがあるの。そのやりたいことを叶えられるのは、ウェルナーだけ。だからウェルナーに帰ってもらうわけにはいかない」

兄と妹に宣言して、階段を下りていく。夫人と娘は私を見ると顔を真っ赤にして怒り始めた。

「貴女がウェルナーを連れ去ったのですか!? 私達の大切な息子を！ 返してください！」

「公爵の秘書なんてとても務まりません！ あの子は虚弱なのです！ 何も出来ないのです！」

母は息子を欲し、姉は弟を蔑《さげす》みながら、返せと訴えてくる。

本当に「何も出来ない」のなら、私がレーウェン家の屋敷に行ったとき、お茶なんて出せないはずだ。虚弱ならば温かく風邪を引かないような格好をさせておくべきなのに。

大事にはしない。でも側に置いておきたい。

二人の声音には、おもちゃを取り上げられた子供の癇癪《かんしゃく》が隠しきれていない。

「二十四歳の御令息《ごれいそく》が家を出ただけで、どうしてそこまで慌てるのでしょうか」

あえて平坦に問う。

夫人はバッと目を見開いた。

「そ、そんなの当たり前ではないですか！ 突然の話で……急に、急だからで」

しかし、最後には言葉に詰まった。

「半《なか》ば攫《さら》うようになってしまったことはお詫びします。しかし私はウェルナー様に帰っていただく気はございません。彼が私の剣になると約束してくれましたから。なので、貴方達の許可は必要ないとも考えています。どうかお帰りください」

淡々と伝えながら私は夫人に近づき、耳打ちする。

「皆様はご存知なのですか？　貴女たちが御令息《ごれいそく》に絶えず行う、悍《おぞま》しい習慣を」

「どうして、それを……」

夫人は、ぞっとした顔で私を見た。

「私、近々王妃様とお話しをさせていただく予定があるのです」

私は努めて優しく、慈《いつく》しむように微笑んだ。効果は抜群で、夫人は後ずさりをはじめた。

「大切な御令息《ごれいそく》を悪いようにはしませんよ。勿論《もちろん》、彼の家族である、貴女たちにも」

息子を想うならひどいことなんてしない。

ただ側にいた自分の支配しやすい存在に依存していただけ。衝動的に。

どこまでも感情的に動く、弱い生き物。

「けれど、こうして屋敷に押しかけたり、大きな声で騒いだりなさると――私もお話をしなければいけなくなります。屋敷で騒いだこと、貴女たちと、彼の関係について」

そこまで言うと、夫人はばつの悪そうな顔をして姉の手を引いた。

私に頭を下げ、その場から離れていく。

今まで、他人に対して何かを偽ることや、相手の弱みにつけ込むことは、絶対にしてはいけないことで、なおかつとても難しいことだと思っていた。

でも、やってみればとても簡単だった。実感しながら二人の背中を見送る。

「ありがとうございます」

夫人と娘が立ち去り、扉が閉まると同時にウェルナーが隣に立った。

その少し後ろで、母は困ったように微笑み、兄のディオンと妹のエルビナがゆっくりと階段を下りてきている。

「姫様の美しいお姿を拝見できて、俺はとても幸せです」

ウェルナーが続けた言葉に、耳を疑った。

「……な、なんて？」

姫様？

男娼《だんしょう》として扱ってきた自分の母と姉が来たというのに、この男は何を言っているんだ？

「あ、姫様はいつもお美しいと思いますよ。勇ましく、美しいということです」

しかし私の戸惑いを誤解したらしく、ウェルナーはさらに付け足してくるが、違う。

否定するのも面倒だったこと、そしてそれより気がかりなことがあったため、追求することはせず、私は問いかけた。

「……さっき、私の母とどんな話を？」

私がディオンとエルビナと話をしている間、私の母とウェルナーはどんな話をしていたのだろう。

母に殺意でも抱いていないだろうか。私を殺すとき、女は皆憎いと言っていたが。

「姫様が次期王妃になること以外に目を向けて、嬉しいとお聞きしましたよ」

姫呼びに違和感しかないが、それはそれとして屈託《くったく》のないウェルナーの言葉に心が痛む。

以前の私は立派な王妃になり、ルカの隣に立つにふさわしい人間となることだけを考えていた。

それが家族のためになると信じていたからだ。

家族との時間、そしてその優しさを切り捨てているとも、知らずに。

でも、これからは違う。家族のために、行動する。家族の幸せ以外、何も望まない。

私の決意を後押しするように、窓の外では白魔が踊っていた。


伯爵の令息といえども、男娼《だんしょう》として扱われ、満足な教育を受けて来なかった男を、公爵家の秘書、そして騎士に仕立て上げなければいけない。

しかし、ウェルナーを連れ帰った日から、ティラが現れる帰還式までは半月もない。

ウェルナーには新しい生活に慣れてもらいながらも、常人以上の努力、そして大きな苦難を強いる形となったが、ウェルナーの飲み込みは恐ろしく早かった。

剣術は兄のディオンに頼みこんで教えてもらった。ディオンは「入団免除になってたくらい虚弱体質なら、やめておいたほうが……」と、どこか懐疑的であったが、尋常でない速度で腕を上げるウェルナーを認め、十日も経たぬ内に弟分として認めるようになった。

秘書や従僕としての所作や立ち振舞い、気遣いも、ウェルナーは完璧に身に着けた。

人にも自分にも厳しい妹の名前ですが、「悪くはない」と頷《うなず》くほど。

さらに、物知りな母が驚くくらいに、ウェルナーには教養があった。

特に天候による作物への影響についての考え方は、隣国の調査研究も考慮に入れており、領地経営に協力してもらいたいと母を唸《うな》らせた。

そうしてウェルナーが段々と公爵家の従者となっていくのを眺めて、残雪も消えた春方。

私は帰還式当日を迎えた。花の国と称されるエディンピアでは、春と夏に開かれる式典やパーティーは、屋内ではなく屋外の王宮庭園で開かれる。爛漫《らんまん》と咲き乱れる花々に蝶が吸い寄せられる光景は、おとぎ話の世界のようだ。そして、ひときわ多く植えられているのは、前見たときと同じ、飴色の花と、淡く蝶のようにふわふわと風に揺れる……門出の象徴とされる花。

「本日も、とてもお美しいです」

ウェルナーは私に微笑みかけた。「皆、姫様に視線が釘付けになっていますね」と続けるが、私はすぐに注意をした。声は潜められてたから聞こえなかっただろうが、ウェルナーが使う私への異質な呼称は、外聞が良くない。それに、会場の注目を集めているのは、私じゃない。

「……みんな貴方を見ているのよ、ウェルナー」

「俺を？　なぜです？」

ウェルナーは首をかしげる。

レーウェン伯爵家にいた彼は、白いシャツに黒のスラックスと地味な装《よそお》いをしていたが、今日は違う。ルカの帰国を祝い、彼が民の前で話をする式典の後は、そのまま王宮庭園でパーティーに移行する流れのため、懇ろにしている貴族への紹介も兼ねて、彼のための正装を用意した。

他の貴族に見劣《おと》りしないよう、と注文した結果、黒を基調とした彼の正装は銀の刺繍襟《ししゅうえり》に細やかな金装飾、きらびやかな宝石まであしらわれたものとなった。

豪華な正装が似合うよう、髪も整えさせた。もともとウェルナーは社交界への露出が少なかったことから、令嬢たちからは色めきだった眼差しを、夫人や令息、各家の当主たちからも「あの美丈夫は一体誰だ」と、注目を集めている。

「ねぇ、声をかけてみてはどう？」

「不敬になってしまうでしょう？」

「でも、あんなに美しい人見たことがないわ」

ウェルナーに惹かれる女性たちの声が聞こえる。

少し……、いや、かなり目立ちすぎているかもしれない。ウェルナーは実年齢より年上に感じる外見をしているし、私の母は公爵家の当主として秘書や従者を連れ登城することもある。彼らは母の采配により身なりも完璧に整えられているため、私がウェルナーを連れていても、母の関係者が私に付き添っているだけ、と怪しまない算段だった。

「貴方を美しいと思って」

ウェルナーを着飾ったのは、みすぼらしい印象を与えないように、公爵家と並ぶ者として不釣り合いに思われないようにするためだったが、少しやりすぎたかもしれない。

しかし、ウェルナーは長年虐《しいた》げられていたからか、自らの容姿について自覚がないようだ。「そうなのですか？」と、興味がなさそうな返事をしてきた。

「どうでもいいです。美しいと思われたところで、意味がないので」

「容姿は武器にもなるのに」

「なら、貴女は俺を美しいと思いますか？」

ウェルナーを美しい顔だとは思っている。私は「えぇ」と頷《うなず》いた。

「……承知しました。これからも美しいと思っていただけるよう、がんばります」

ウェルナーは突然明るく言葉を返してきたが、別に美しくあり続けてほしいとまでは思っていない。私が彼に騎士になってもらいたいのは、美しいからではなくて、もっと絶対的な理由からだ。

しかしそれを、この場で説明することはできない。ウェルナーとともに、式典の開始を待つ。

兄のディオンは騎士団副団長、私はルカの婚約者、エルビナと母はファタール公爵家として帰還式に参加する。ディオンは普段の朗らかで少し抜けた雰囲気と異なり真剣な眼差しで剣を携《たずさ》え、警備にあたっていた。そんなディオンのそばにいるのは、国の要人たち――王妃、宰相、そしてディオンと同じように警備にあたる騎士団長……因縁の三人も、過去と同じように揃った。

「こうして、また何事もなく豊かな春を迎えられたことを、幸せに思う」

前回と同じような王の言葉を聞きながら、私は王の側に控えているルカ、そして彼の隣に立つティラを眺める。咲いている花も、代わり映えしない。愛でる気にもなれない。

以前の私は、帰還式の前に王子との謁見《えっけん》に許されなかったこと、そして始まった式で彼の隣に謎の女が立っていたことに動揺していた。

王子の隣は、本来婚約者である私が立つべき場所。

王の言葉を聞く貴族たちも皆、混乱した表情で時折私に視線をおくっている。前の私は彼らの視線に気づかず、ただただ取り乱していた。おそらくこの動揺が、「嫉妬に狂って嫌がらせした」と、ティラの狂言による噂に説得力を持たせてしまったのだろう。

護衛にあたる騎士団のほか、役人たちも、貴族たち同様ちらちらと私をうかがい、ティラを見て怪訝《けげん》な顔をしていた。

王に促《うなが》されたルカは、高らかに、過去と同じ言葉を繰り返す。

「数多《あまた》の学びの先で、私はかけがえのない存在を見つけた。ティラだ。彼女は私の留学先で出会った。元々は遠い国の自然が豊かな村で生まれ育ち、私と同じく見聞を広めるために留学していた娘だ。そして、故郷の村で代々伝わる、どんな怪我でもたちまち治してしまう癒やしの力を持っている。ティラはこの国にかけがえのない存在となるだろう」

前の私は、ルカが「かけがえのない」と言った所で愕然《がくぜん》とし、彼の顔を見ていなかった。しかし今回は凪《な》いだ気持ちで眺めていたせいか、ルカとはっきり視線が合った。私は表情を変えない。

今日帰還式に参加したのは、まだルカの婚約者であること、公爵家の令嬢という立場もあるけれど、一番の理由は「確認」だ。

家族を守るため騎士団長、宰相、王妃を消したいが、相手は国の要人たち。簡単には手を出せないし、私の思惑が知られれば家族が危ない。だからこそ、私の持つ「記憶」が、本当に使えるものなのか、今日の帰還式で確認したかった。

結果、王もルカも、前の帰還式と全く同じことを言った。ティラも現れた。

確認が済んだ今、することといえば一方的な婚約解消を受け止めるだけ。団長を始末する準備に入るだけ。

「どうなさるのですか、ロエル様、こんな突然、あまりに一方的な婚約の破棄だなんて――!」

なのに、私の側にひかえていたウェルナーが、愕然《がくぜん》とした表情で口を開いた。

その大きく悲痛な声に、周囲の貴族たちのざわつきが大きくなった。

ウェルナーに帰還式で何が起きるかは、当然知らせていない。だが、まさか式の途中にこんな粗相をするなんて。

「王家の繁栄のため、祝福します」

偽りはない。

二人が愛し合おうとどうでもいい。

もう、ルカの存在自体はどうでもいいのだ。私が見ているのは、彼の隣で笑う自分ではなく、家族が笑っている景色だから。

「なんと寛大《かんだい》な……」

そばにいた老齢の女性が呟いた。

リタ夫人だ。夫は王の遠縁にあたる公爵で、いわば公爵夫人。規律を重んじる厳格な性格で、その幅広い人脈により国に貢献し、アグリ王妃の教育係を務めていたこともある。王妃が無視できない存在だ。

ただ、リタ公爵は夫人とは異なり奔放《ほんぽう》な人で、公爵が若い頃はかなり女性関係に悩まされていたらしい。故に裏切りを嫌うが——前の人生では、ティラの嘘に騙《だま》され、夏を過ぎたあたりから、ティラを健気でいい子、私を健気な子を虐める子とし、私を「国民の信頼を裏切った裏切り者」と扱っていた。夫の女性関係に悩まされたのなら、ルカを裏切り者と見なしてもいいはずだが、帰還式の後、夏の半《なか》ばに夫に先立たれたことで、男のルカを責めるのは死んだ夫を責めるよう……に思えたのだろうか。

しかし、今のうちにリタ夫人からの敵意を阻止する布石が打てたのは大きい。私はウェルナーの方に振り向くが、その眼差しはさきほどの悲痛な声はどこから出ていたのか疑いたくなるほど、機械的で無感動だった。


帰還式の後は、パーティーが始まる。そこでようやく私は、ルカから直接、ティラに対する想いを聞かされるのだ。

そして予想通り、前に見た光景と寸分たがわぬ様相で、二人はやってきた。

「殿下、ご帰国を心よりお待ちしておりました。この度は帰還式にお招きいただき、誠にありがとうございます」

私はウェルナーを連れたまま、恭《うやうや》しく二人を迎え入れた。

ルカは、私のドレスをじっと見ている。

今日、私は薄紫のドレスを纏《まと》っている。ティラと絶対重ならないよう、「耽美《たんび》さや蠱惑的《こわくてき》な雰囲気を出して欲しい」と、ドレスのデザイナーに伝え、出来上がったのがこのドレスだ。

胸元から裾まで、沈丁花《じんちょうげ》を模した銀細工と真珠が散りばめられ、チュールレースが幾層にも重なっている。装飾品は、今まで身につけたことがない、黒のチョーカー。

今までドレスも装飾品も、ルカの好みを一番に考えてきたが、もうやめた。これからは、自分の好きなようにする。

　エルビナは「いい！　似合う！」ディオンからは「葡萄《ぶどう》酒を……白い服にこぼして、洗ったけど怒られるのは確実……みたいな色だな。綺麗だ」と判断が難しい反応を貰った。母は「せっかく綺麗な銀髪なんだから、まとめるのは勿体ないって思ってたのよ」なんてのんびり言ってくれた。

　相対《あいたい》したルカは、私と私の着るドレスを見たあと、ティラの肩に触れる。

「彼女はティラだ。家名はないが、いずれエディンピアの名を持つ」

　ティラを正妻にするという意味の一方的な婚約の破棄。以前の私ならば胸が張り裂けそうになっていたが、今はもう、何も思うことがない。

　前の人生の私は、凄惨な記憶を思い出すまでの私は、ルカのことが好きだったはずだ。

　なのに今、どうして過去の私がルカのことが好きだったのか、全くわからない。

　心に感じるのは、不愉快な敵が二人、目の前に立っているということ。ただ、それだけだった。

「あっあの、わ、わたくしは、ティラと申します。ティラとお呼びくださいませ！」

　そして割って入るように、ティラが口を開いた。

　周囲は彼女のぎこちない礼を見て、怪訝《けげん》な顔をしている。私は彼女が話し終えるのを待って、あえてかしづいた。

「ティラ様、新しき国で慣れないこともあると思います。どうぞこのロエル・ファタールに何なりとお申し付けくださいませ。必ずやこの私が、貴女のお役に立って見せましょう」

「ティラ様だなんて……ティラと呼んでくださいませ、私はその……本当はこんなところに立っていて良い存在じゃないですから」

誤魔化《ごまか》すようにティラがはにかむ。

以前の私は健気なふりをする彼女へ、動揺しながら対応した。そのせいでおそらく早々に彼女に舐められたのだ。そうしてティラを虐めていると噂を流された。

今はウェルナーが作ってくれたこの好機を活かすべきだ。

「いえ、ティラ様は次期王妃様なのですから」

そう言って、私はティラのドレスの裾に唇を寄せた。

古来より忠臣が主人にすべてを捧げると意思表示を行う儀礼だ。儀礼を知らぬティラは「え……」と戸惑い、周囲はざわつく。

――絶対に、誰の思い通りにもさせない。すべてを支配するのはこの私だ。

誰にも見られぬよう、獲物のドレスの裾で隠しながら、私は口角を上げる。

公爵令嬢の絶対的な忠誠。道ならぬ恋を進む二人には必要なはずなのに、ルカはおろかティラすらも驚き、時が止まったように私を見つめていた。


帰還式の帰りの馬車では、兄のディオンも妹のエルビナも、母ですら声を発することなく、私の様子をうかがっていた。

他でもない、ルカの一方的な婚約解消について気にしているのだろう。

馬車の車窓から差し込む夕日が暗い影を落とし、車内の悲壮感を強めている。

どう説明したものか、と私は気まずそうにする家族を前に考える。

『ルカのことはいずれ消そうと思っているから大丈夫』

――なんて言っても、言われたほうが大丈夫じゃなくなる。

「馬鹿で浅はかそうな女でしたね、ルカ王子の連れてきた村娘は。王族は女の趣味が悪い」

ファタールの屋敷に到着し、暗い雰囲気で馬車から降りていくと同時に、ウェルナーが呟いた。

それまでどことなく私に気を遣っていたエルビナやディオンが目を剥き、ウェルナーの口を押えにかかった。

母も「ウェルナー!」と、窘《たしな》めた。「相手は王族よ」と珍しく声を荒げる。

「だってそうでしょう? あんな村娘に国母なんて務まりませんよ。この国はもう終わりです。滅びるしかない。次の王は帰還式で婚約の破棄をするような愚か者なのですから、お先真っ暗ですよ。そうだ、どこかと遠くに行きましょう。隣国にでも」

悪びれもせず、ウェルナーは吐き捨てた。先程は声を発することすら憚《はばか》られる雰囲気だったが、ウェルナーの悪辣《あくらつ》な言葉に、雰囲気が若干緩む。

前の帰還式では、ディオンやエルビナ、母から注がれる視線に耐えきれず、心配するみんなを置いて部屋にこもった。

それからずっと、家族に対して一方的な気まずさを抱えていた。

今まで次期王妃として頑張ってきたのに、家族に顔向け出来ない。

心配させられない。

私は家族のためにと、王妃になることやルカを優先していたが、、家族を顧《かえり》みなかった。

「……私もそう思う。なんていうか、くだらないなって」

ルカも――前の私も、くだらない人間だった。

でも、これからは違う。同じ過ちは繰り返さない。

「……なんか、夢から覚めたというか……それと、ごめんなさい、みんな」

「え」

突然の謝罪に、家族が戸惑う。ウェルナーだけが、私を静かに見据《す》えている。

私は先程ルカを前にしていたときより緊張しながら話を続けた。

「王妃になることばかり考えて、家族のこと、ないがしろにしてたから。でも、これからは、ちゃんとするから」

私の人生に、王妃になることも、ルカも、必要ない。

私に必要なのは、もうあった。

「何言ってるのよ、姉さんはいつもちゃんとしてるじゃない、誰かさんと違って」

妹のエルビナが、兄のディオンを見やる。

「なんだよ。俺だってちゃんとしてるだろ。今日だって騎士団副団長として立派に警備してただろ」

「小さい頃棒振り回してたのと何にも変わらなかったわよ」

「なんだと！」

二人はまた口論を始めた。エルビナと言い争いながらも、ディオンはこちらを振り返る。

「でも、俺もエルビナに同意だ。お前はちゃんとしてる。俺と、同じで」

にやり、と悪戯っぽくディオンが笑う。

「二人の言う通りよ。貴女はいつも頑張ってる……自分を追い詰めすぎているんじゃないか、もっと肩の力を抜いてほしいのにって、こちらが心配になるくらいにね」

母が私の肩を叩いた。

「母様……」

「私は、貴女や、エルビナ、ディオンが幸せでいればそれでいい。その幸せは、私が決めることではない。でも、王妃になることが貴女の幸せだとは、思っていないわ」

母はそっと私の背を押しながら、屋敷へ歩みを進める。

強く、強く、守りたいと思った。

家族の皆を、この時間を。


帰還式の夜、前の私は部屋にこもり泣いていたけれど、今日は母、兄のディオン、妹のエルビナ、そしてウェルナーと四人で食事を取った。

ウェルナーに一人で食事をさせて、後々ナイフでも無くなったら恐ろしい、なんて理由から一緒に食事を取っているけど、家族と――前世で私を殺した男との食事はずっと慣れなかった。けれど今日の食事は安らかで、私が王妃教育を受ける前に時間が巻き戻ったような錯覚を抱いた。

このまま ずっと穏やかな時間が続けばいいのに。そう祈りたくなるものの、祈りなんて無価値で、何の役にも立たないことを私はよく知っている。

だから夕食の後、私はウェルナーを私室に連れてきた。

「今日はありがとう。貴方のおかげで、今後有利に立ち回れるようになったし……家族とも、打ち解けられた」

ずっと一緒にいたのに、打ち解けるというのもおかしな話だ。

でも、そういう表現のほうが正しくて、私達家族の関係を顕すのにぴったりだと思う。

「俺はまだ何もしていませんよ」

ウェルナーが軽く首を横に振った。

窓の外には夜空が浮かび、星灯りが私達を照らしている。

目的を告げるなら、今だと思う。

「……私の目的を、話していなかったけれど」

「はい」

「私は、五人の人間の命を奪って、陥《おとし》れて……ひたすら、地獄を目指そうと思うの……どう？

それでも私と一緒にいてくれる？」

ずるい聞き方だった。

ウェルナーは男娼《だんしょう》として生きていくほかなかったところで、私が助け出した形になる。私は恩人となったのだ。そして彼に恩を着せた。断れるはずもない。

「俺は姫様の剣となる幸いを得たのです。貴女のご命令とあらば、どこまでも共に」

けれどウェルナーは、葛藤するでもなく、嬉しそうに笑った。

人を殺すと聞いてここまで恍惚《こうこつ》としているのは、やはりどこかおかしいのかもしれない。そしてまた、姫様呼びに戻っている。

帰還式の途中では、思わずと言った形で私に話しかけてきたけど、その後はきちんとロエル様と、節度を保っていたのに。

「俺はもともと地獄行きのはずだったのです。生まれてくるべきではなかった。けれど、貴女が俺に会いに来てくださった。貴女が俺に許可をしてくださるのなら、どこまでも、どこまでもついていきます。貴女の望みを叶えましょう」

「なら、私が命令したとき、私を殺して」

願いを口にすると、ウェルナーの表情が「え」と、愕然《がくぜん》としたものに変わった。

子供みたいな驚き方だった。

人が絶望した顔というのは、こういう表情なのだろうか。

彼はゆっくりと俯き、表情を見せぬまま口を開く。

「……理由をお聞きしてもよろしいですか」

「死にたいときに死にたいから。これから先、私は自分の命が狙われたりする危険にも、手を伸ばしていくの。その時、私は自分の意思で、望むように動けなくなる瞬間があるかもしれない」

家族はきっと、私が生きることを望んでくれる。

「その時、私は絶対に死にたい」

自分だけ生きていても意味がない。家族が幸せにならなければ。

「……では、姫様が死にたくならなかったら、どうなるのでしょうか」

長い沈黙を経て、ウェルナーが顔を上げる。切実な声音だった。

「どういう意味？」

「俺は馬鹿な畜生なので、解釈が異なっているかもしれませんが、姫様は何か他の願いも抱えられている様子。その願いが果たせず道半《なか》ばで倒れられたとき、俺が姫様を殺すということですよね？」

「別に間違ってない。それで合ってる」

「では姫様の悲願が達成し、死ぬ必要が無くなった場合は」

「その時は、改めて報酬でも、なんでもあげる。私の家族の幸せを妨げないことなら」

口には出さないけれど、私の命でも構わない。

でも、いったいウェルナーは何を望むのだろう。

「ご家族のことは勿論《もちろん》お守りいたします。しかし、本当に、何でもよろしいのですか」

「できれば、その時私が持ってるもので」

あまりにも念押しをしてくるため、私は思わず身構えた。

この男は「女」に対し憎悪がある。殺してもいい女を三百人用意しろなどと、途方もないことを言われても困る。

「……姫様しかお持ちでないもの、ですね」

「そういう縛りはしてないけど」

「でも俺は、姫様しかお持ちでないものを、いただこうと思います」

ウェルナーは勝手に納得して目を細めた。

その笑顔はとても不気味でありながら、泣きそうで、私は視線を逸らす。

逃れた視線の先では、月明かりに照らされた迷迭香《ローズマリー》が揺れていた。

第二章　奈落の剣

帰還式からたいして日も経たぬ間に、私へ登城の命令が下った。

「ルカの蛮行をなんとか止めてくれないかしら」

謁見《えっけん》の間で、王妃が言う。

そばには騎士団長と宰相が立ち、彼らの後ろの玉座には王が座っていた。

前の帰還式のときも呼び出されたけれど、その時は宮廷内もルカとティラの関係を把握しておらず、調査をするから待って欲しいなんて、要領を得ぬことを言われただけだった。

しかし今回、王妃が私に対してお願いをするのは影響力を持ち、王族に対しても発言権を持つ貴族たちが、ルカとティラの仲について異を唱えたからだ。

その中心にいるのが、帰還式でそばにいたリタ夫人だ。

裏切りを嫌うリタ夫人の夫であるリタ公爵は、王の遠縁にあたる。王も王妃も無視できない存在だ。

前の人生ではそういった動きは見られなかったが、ウェルナーの発言で風向きが変わったことが、大きく影響しているのだろう。

「止める……？　しかし王家のご意向ではないのですか？　だから帰還式で、殿下は宣言を――」

私は無垢《むく》を装《よそお》いながら、王族の管理不足を責める。

王妃は「突然宣言の内容を変えてしまったのよ」と、ため息がちに返した。そんなこと知っている、と心の中で思う。

「ティラ様は神の手を持つ御方とお伺いしました。王家がその手を持つことになれば、我が王族は代々神の手を手にする可能性がある――故に今回の宣言だとばかり……」

私は王妃と目を合わせた後で、その背後で座っている王に視線を移す。

その立ち位置であるからこそ余計な言葉を発さないのか、ただ眺めているだけなのか。

どちらであっても、王はおそらく、王族の血に他国の女の血が混ざることを避けたいと考えているだろう。だから前回は私を側妃にし、王位継承権をルカと私の子に持たせると言ったのだ。

王からすれば、私がルカの子を生みさえすればと考えているのだろうが、私はルカの子供なんて産みたくない。

「そんなことあるわけないでしょう！　そんな選択は、ファタール公爵家を捨てることと同然だわ」

王妃が大げさに否定した。しかし王妃はファタール家当主、そしファタールの要《かなめ》ともなっている母を毒殺したのだ。ファタール家を捨てる以上のことをしたのがお前だと、また心のなかで思う。

私は王妃に微笑みながら、「そうなのですね」と複雑そうな表情を作った。

「……ともすれば、王妃様の反対を予見《よけん》した上での宣言とも考えられます。つまり、彼の心にあるのはティラ様です。私が殿下を引き止めても、気持ちは変わらない。むしろ殿下のティラ様への想いを強める可能性もございます。そして……王族に対し距離を置く家が出て来た以上、かねてより国の混乱を願う者たちや、反王家派閥がその隙を狙う可能性すらあります。それに、隣国エバーラストの介入も……」

内乱……そして隣国エバーラストの動向についてふれると、それまで様子うかがいにとどまっていた宰相、の顔がわかりやすく変わった。

今年、隣国エバーラストでは新たな皇帝が即位したばかりだ。

エバーラストは人も土地もエディンピア王国より豊かな強国だが、争いを好まぬ風土柄、軍事力に欠点がある。皇帝はかねてより民から慕《した》われていた皇子が即位したらしいが、奇抜な政策を次々打ち出すことで、国民からの支持は絶対的な反面、政局はやや不安定らしい。そういった体制の隙を突き、奇襲をしかけられないかと宰相たちは水面下で動いている。

宰相が妹を殺したあと、このエバーラストの皇帝が死にいたる。これを好機と奇襲を決行することとなるが、そんな未来を彼は知らない。戦《いくさ》の準備中である現在、内乱に兵力を割かれるのは避けたいはずだ。

「確かに、殿下はお母様である王妃様にすら、自らの心のうちをお話されなかった。今は、あまり刺激なさらず、殿下とティラ嬢の動向を注視していく形がよろしいかと」

宰相が私に同調を始めた。利用しない手はない。

「王妃様のご命令とはいえ、私の軽率な行動が国を揺るがすことにでもなれば、何度お詫びしても足りません。二人のご様子を伺いお伝えするだけで、どうかお許しいただけないでしょうか」

私は切に願うふりをした。

謁見《えっけん》の間にしばし沈黙が訪《おとず》れる。

「そうね、あなたの言うとおりだわ」

くすっと、王妃が笑った。

まるで子供が誕生日のプレゼントを貰ったみたいな顔だった。今まで見たことのない表情に若干戸惑うが、私には目的がある。

「それと、お話を拝聴し、一点ご相談が」

「なあに？」

「私に、次期王妃として護衛騎士をつけるお話がありましたが――その騎士をティラ様につけていただきたく存じます」

「どうして？」

ティラが現れなければ、帰還式の一年後に私とルカは結婚する予定だった。

そのため、王族を守る護衛騎士を私のそばに置く手筈《てはず》であったが、王族を守る護衛騎士は、結局の所、王族の手の者ということだ。家に入れたくない。

私は真意を隠しながら言葉を続ける。

「ルカ様の宣言が王様、王妃様の本意と異なるならば、ティラ様の身に危険が及ぶ可能性がありますす」

「でも、貴女の護衛はどうするの？　危険じゃないかしら」

「実は、私に護衛騎士をつけていただくのと同時に、私の妹のエルビナにもわが家で雇った護衛をつけることになっていました。なので、エルビナの護衛はまた新しく探し、一旦、その者を私につけようと考えています。そして今日、ちょうど別件で護衛についてお願いがあり、連れてきております。ご紹介しても？」

「どうぞ」

王妃が微笑む。

私は外で待たせていたウェルナーを呼んだ。城の騎士たちに警戒されながらも、ウェルナーが入ってくる。

「彼は……？」

私の隣に立った男を見て、謁見《えっけん》の間の空気が変わる。

家族に男娼《だんしょう》扱いされた人殺しだが、ウェルナーは壮絶な美しさと色香を持っていた。さらに屋敷に軟禁されていたような生活から、人目につかない暮らしをしており、城の人間からしたら、素性の知れぬ美丈夫が突然現れた形になる。

私は彼を一瞥《いちべつ》してから、王妃と王に顔を向けた。

「彼はウェルナー・レーウェンと申します。身体虚弱として騎士団の任を解かれていましたが、教養があり、年齢を重ねたことで筋力がついてきたので、彼を護衛騎士にしようと考えております」

「だが、騎士団に入ったこともないのに、護衛をするなんて無理だろう……」

騎士団長が口をはさむ。

騎士団長は、筋骨隆々としていて、背も高く、無骨な見目をしている。女性や夫人に人気があり、「武神」などと言われている――が、その実態は兄を殺した畜生だ。

私は「そこで」と改めて王妃を見た。

「しばしの間、騎士団で訓練をしていただけないかと、本日伴っていたのです。でもまさか、こういった形での紹介になるとは……」

私はあくまで、偶然であることを強調した。

……ずいぶん、落ちついているのね。

「私、てっきり貴女はルカに恋をしていたとばかり思っていたけど」

私の言葉を受け、王妃があっけらかんと言った。

宰相と騎士団長が顔を見合わせる。

無垢《むく》を装った質問か、それとも、私がティラを排除するのに使えるか確認しているのか。どちらでも構わない。

「国がティラ様を必要とするならば、私はそれに従うまで。ただ本日は婚約解消についてお伺いするものとばかり思っていたので……正直、王妃様のご意向を伺って、動揺しております」

王妃としては、私はティラの恋敵だから、便利な手駒になると思っていたのだろう。

自分が一番いい位置にいて、都合が悪くなれば手のひらを返すなんて許さない。

警告のつもりだったが、王妃は目を細めた。

「わかったわ……トラビス、公爵家の新しい護衛を騎士団の訓練に参加させてあげて」

「王妃様……」

「ロエルの提案通り、護衛騎士にはティラを監視させましょう。数が必要だもの。この時期に子供でも出来てしまえば、より一層、民の心は王家から離れてしまうから」

王妃の命令に、騎士団長が忌々しげにウェルナーに視線を向ける。

兄を殺した男に贈る復讐の、最初の一歩だった。

◆

公爵令嬢とその従僕が謁見《えっけん》の間を去った後、王を除いたエディンピアの要人たち三名は場所を移し、茶会に興じていた。

テーブルには菓子が並び、騎士団長トラビス、宰相レヴン、王妃アグリが席を囲んでいる。

三人のいる部屋は、王族、そして城で重用される者たちの中でも、ごく限られた人間しかその存在を知らない、密談のための場所だ。窓はなく、代わりに色とりどりのランプが天井から吊り下げられ、まだらに辺りを照らしている。鮮やかなガラスの色味が、かえって不気味な様相を醸《かも》し出していた。

「大規模演習を控えたこの時期に、新入りの世話なんて」

優雅に紅茶を飲む王妃に対して、騎士団長トラビスは、恨みがましい口調で口を挟む。

せっかく、目障りな副団長、ディオン・ファタールを殺す絶好の機会がやってきたのに邪魔が入ったのだから。

トラビスはずっと、副団長であるディオンが消えることを願っていた。

理由は単純で、ディオンが団長である自分より若く剣術に秀でており、率直に言えば強いからだ。

トラビスの父は騎士団長として立派に国に尽くした高名な人物だ。トラビス自身も父のような騎士を目指していたが、父に似ている、父のようだと言われるのは、自分ではなくディオンの方だった。

さらに周囲はディオンについて「いつ騎士団長になるのか」と期待すらしている。許せるはずがない。

どうにか死んでくれないか。トラビスはディオンに対し、何度も何度も思っていた。殺してやろうとも思った。そうでなくともなんとか騎士生命を絶ってやれないかと策を巡らせ実行してきたが、結局はディオンが軽いけがをする程度、それも数奇な偶然が重なり、トラビスが嫌がらせを行うたびに、「不慮の事故から部下をかばい怪我をするディオン」と名声を高める、なんとも皮肉な結末に終わっていた。そうして辛酸を舐め苦心しながらもトラビスが本格的な殺人計画に移行できなかったのは、ひとえにディオンの妹――ロエル・ファタールの存在があったからだ。

ロエル・ファタールは、このエディンピア王国の王子であり、いずれこの国の王となるルカ・エディンピアの婚約者だ。つまりディオンはいずれ、王の義兄になる男だった。

王子と婚約関係を結ぶ人間の血縁者に、みすみす手は出せない。

ディオンはトラビスの殺意なんて露知らず、信頼を寄せている。生かしておけばいずれ役に立つかもしれないと思いながら、何度も何度も殺意を抱いて耐えていた。

しかし、帰還式で突然発された、ルカの宣言。

ティラは帰還式の直前、ルカが他国から「恩人」として連れ帰ってきた女だった。ルカは大切な話があると、王、アグリ、レブン、トラビスだけに、ティラの癒やしの力について話をした。

その話によると、ルカは留学中大怪我をし、まるでおとぎ話のようなティラの癒やしの力により、助けられたらしい。トラビスは半信半疑であったが、ルカは「誰でもいいからけが人を連れてきて欲しい」と言った。騎士は怪我に事欠かない。普段の訓練は実戦を想定していて、妥協は許されない。トラビスが訓練中出来た自分の傷を見せると、ティラがあっという間にその傷を治してしまったのだ。

そういった経緯によって、帰還式では、ティラが癒やしの力の持ち主で、ルカの恩人であることを民に説明するためという名目で、ティラはルカの隣に立つことを許された。

しかし実際行われたのは、一方的な婚約破棄。どうやらルカは、ティラに恩人以上の想いを感じていたようだ。突然の宣言に衝撃を受けたものの、トラビスにとっては喜ばしい知らせだった。

ロエルが婚約者を外れれば、王妃になれないのであれば、ディオンは「王妃の兄」ではなくなる。ただの馬鹿な副団長でしかない。

アグリがロエルを手放したがっている気配がないのが気掛かりだが、アグリだってティラの癒やしの力は欲しいはずだ。ティラは一人のみならず同時に何人も癒やすことが出来るらしい。ティラがいればある程度の戦力差だって埋められるし、何より戦況を有利にすすめられる。トラビスにとっては、いいことしかない。

とはいえ、ディオンをすぐ殺すことは出来なかった。ディオンが真っ向から立ち向かって殺せる相手でないことくらい、共に鍛錬をしているトラビスが一番良く分かっている。

だから、勝機を待つ。何度失敗したって挑戦する。それでも駄目なら、大規模演習のとき、訓練に乗じて殺す。

新人の相手なんてしてられない。

「別に貴方がしなくても、ファタール公爵家の従僕なんだから、副団長が世話するでしょう」

アグリがそっけなく言ってくる。世話を拒否したのは自分だが、ディオンに倣《なら》ったほうが強くなれると言われているみたいで苛立ちが募《つの》る。しかし、些細《ささい》な口答えは出来ても、怒りを示すまでは出来ない。王妃は非情で、自分の気に入らない人間は、簡単に切り捨ててしまうからだ。

「それなら良いのですが……」

そう言いながらも全然良くないトラビスは、解消できない鬱憤《うっぷん》を晴らすべく、目の前の菓子を手づかみで食べ漁った。

干し葡萄《ぶどう》の入ったフルーツケーキを無心で咀嚼《そしゃく》していると、なんだか喉《のど》に違和感を覚えた。

気のせいかと思いつつも紅茶を飲み干し、乱雑に給士へ次の紅茶を出せと命じる。

「それにしても、ロエル・ファタール……母親と同じでただ善良で真面目なだけの、何の面白みもない子だと思っていたけど、私の勘違いだったみたいだわ」

王妃は満足そうに紅茶を飲んでいる。「今度お茶でも誘ってみようかしら」なんて珍しく人に興味を示した様子だ。その茶会に、ディオンがついてくることだけはあってほしくないとトラビスは願う。ディオンが王妃の護衛に任命されるなんて、想像しただけで気がおかしくなりそうだ。

トラビスはあらゆる焦燥《しょうそう》に駆られながら、その日を待つ。

合同訓練を超えて、ディオンのいない、自分だけが一番目立つ日を。

◆

無事登城を終えた私は、夕闇が包むファタール家の私室で読書をしていた。

読んでいるのは、熊の狩り方のほか、害獣駆除に関連する書物だ。熊と人間の体重は異なるため、獲物が通ると毒矢が飛んでくる熊罠は、設置しても人間の導線を妨げず済むらしい。

頁《ページ》を一枚ずつめくる私を、ウェルナーは後ろからじっと見ている。

「……騎士団長のトラビス。あの男は、私が排除する人間のうちの一人だから」

淡々と告げる。

ウェルナーは「そうなのですね」なんて、実にのんびりとした返事をした。

「驚かないの？」

「どうして驚くのです？」

真面目に問われ、私は顔を上げた。

彼は平然と私を見返す。

「騎士団長を排除するのよ。そんな恐れ多いこと、なんて主人を止めるべきではないの？」

少しくらい、驚くだろうと思っていた。

驚いたウェルナーを、「役立たずはいらない」と揺るがす気だった。

私への忠誠を試すために。

「俺は、姫様の願いを叶えるだけですので……いつ殺しに行きましょうか？」

食い気味に指示を求めてくるのは、忠誠があるからか、もともと倫理観がない人殺しだからか。

判断はつかないが、それでも止まってはいられない。

「苦しめてから殺してやりたいの。だから、今すぐじゃない。それに殺す日は決めてある。それまでの間、貴方はただ騎士団で強さを求めて。貴方を理由にして、私は騎士団に近づく」

自分を助けようとした兄を罠にはめ、見殺しにしておきながら、兄の最期を都合のいいように騙り、民の感動を煽って自身の名声の踏み台にした報いを受けさせる。

兄が殺されたその日に、必ず。


警備任務がない日の騎士は、鍛錬が仕事だ。

普段の訓練は王城の中庭にある鍛錬所で行われるが、半年に一度、西の渓谷《けいこく》で大規模演習が開かれる。西の渓谷《けいこく》は王都からそれほど離れていない場所にあり、自然保護の観点から整地は最低限に抑えられている。熊が出ることもあって、一般市民の立ち入りは危険だからと制限されいるが、災害とそれに伴う人命救助、急襲を想定した訓練にはうってつけの場所だった。

昔は渓谷《けいこく》の中に小さな村がいくつかあったらしいが、熊の被害により住む人間は減っていき、今はもう全てが廃村になっている。そしてそこの古小屋を利用して、兄は殺された。

ことの発端は訓練の途中、騎士団長が身を隠したことから始まる。

きっと兄は、熊に遭遇してはいけないと、団長の姿を探したのだろう。エルビナがテディベアを欲しがるたびに、熊は怖いと言っていたのだから。

でも本当に警戒すべきは人間だった。

騎士団長は物陰から隠れ、「助けてくれ」「助けてくれ」と、少しの衝撃で崩れる小屋の側で呻《うめ》いた。兄は当然騎士団長を助けに行き――助けようと思っていた騎士団長の手によって、小屋の下敷きになって殺された。

騎士団長が牢の中で私をあざ笑いながら、「助けてくれ」と、馬鹿にしながら当時の再現をしていた声が、今でも耳に残っている。

「ずっと気に入らなかったんだよ。馬鹿なくせに俺より慕《した》われやがって」

騎士団長は兄が谷で行方不明になった直後、兄から救われたと嘘泣きをして、民や騎士団の同情を引いた。

だから私は、大規模演習に参加して、ある程度好きなように動いても周囲から不信感を抱かれない存在にならなくてはいけない。手始めに私は騎士団の鍛錬に混ざったウェルナーの様子を見る、という名目で、難なく騎士団の訓練場に向かった。

朝日が照らし、甘く香る紫丁香花《ライラック》が咲き乱れる中、騎士たちが木剣を振るっている。

「いいか！　じっと堪《こら》え、勝機を待ち、今だと思ったら叩く！　これが基本だ。剣は手放せば終わりだぞ！　よく覚えておけ。休憩が終わったら、形勢不利の状態からの模擬戦を行うからな！」

騎士団長が熱心に騎士達に指導をしていた。これから、休憩に入るようだ。

こういった懸命さで、私の兄を殺したのだろうか。団長は私に気づくと、指導を止めた。

「ああ、ファタール嬢……」

団長の言葉により木剣を下ろしたウェルナーが、私を見て顔をほころばせた。

「来てくださったのですね！」

姫様などとおかしな呼び方をされなくて嬉しい。周りにはウェルナーと同じよう休憩に入る騎士達が居る。彼らもその声につられ、私に視線を向ける。

私は彼らに微笑みかけながら、ウェルナーと兄以外、死んでくれないかなとも祈る。この騎士達は、私が牢に入ると見張りの役目を代わる代わる与えられた。下品な言葉を吐きながら、私を代わる代わる誹《そし》った男たちでもあるからだ。

兄は副団長だけど、私が騎士団と関わっていたのは、王妃教育が始まる前の、それはそれは幼い頃だけ。騎士団で開かれるささやかな催しに参加したり、兄の忘れ物を届けに行ったりしていたけれど、王妃教育が始まってからはそれどころではなくなった。パーティーの時に騎士団の面々と顔を合わせることはあっても、親しく話しかけたりはしない。王子の婚約者だったから。

未婚の女性が、男所帯の騎士団に近づくことはあってはならない。幼い頃はあまり気にしていなかったけれど、王妃教育の末に強く意識するようになったことだ。

しかし前の人生で現れたティラは違った。

騎士団に近づき、団員達を懐柔して騎士団の花と呼ばれるまでになった。いつも団員達に囲まれ、王宮の料理人に用意させた菓子を差し入れしながら、おしゃべりをする。兄は「訓練が止まるんだよな……」と困っていた。

相手が女性だからと強く言えない兄に代わり、私は「訓練の妨げにならないよう休憩のときなど、様子を見て騎士団へ顔を出したほうが良い」、そして、「妃となる以上、不用意に男性に囲まれるべきではない」と、注意をした。

でも、結果は騎士団の団員達から、ティラを虐めた。彼女の気遣いを罵ったと私が責められるだけだった。団員達は兄を慕《した》っており、「兄に申し訳ないと思わないのか」とすら言われる始末だった。しかし現在、ティラは王族の監視下に置かれ、エディンピアを知ってもらうという名目で、情勢や文化、歴史教育が行われている。

「皆様に、差し入れをお持ちいたしました。一生懸命作ったので、お口に合えばよいのですが」

私は甘く、媚《こ》びるような声を発しながら、持っていた籠《かご》を見せた。

中には差し入れの軽食が入っている。蒸留酒に漬けた果物やスパイスを混ぜた生地を茹でて作る、素朴なお菓子だ。

前の人生で菓子を差し入れしていたティラは、「いつか手作りしてもらいたい」なんて、図々しい団員達から催促されていたが、作ることはしなかった。ルカにもだ。理由は単純で、ティラは菓子が作れなかったからだ。王妃教育と同じく、新しく学ぼうとすることもなかった。

「作った……？　我々のためにわざわざ作ってくださったのですか？」

団員が、私の言葉に引っかかり、はっと目を見開く。

私は恥じらうふりをして、「まぁ……」と俯く。

エディンピアの貴族は、料理をするのもお菓子を作るのも、職人に任せるのが一般的だ。しかし母は「楽しそうだったから」と、幼い頃、料理を学んだ。領地経営で忙しい母は、使用人に任せることもあるけれど、時間があるときはパンやアップルパイを焼いたり、シチューやジャムを煮込んだりしている。そんな母を見ていたから、私もある程度嗜《たしな》みとして料理ができる。

「我々のために、作ってくださったのですね……！」

団員たちは感動の眼差しで軽食を受け取っていく。

ただの貴族相手だと、「貴族がなぜ料理を？」と疑問が勝るだろうが、ここは騎士団。貴族出身の者ももちろんいるが、使用人を雇うことが出来ない家の出の者も多い。貧しい家にお金を入れるため、騎士団で成り上がりを目指す者もいる。そういった者たちにとっては、「本来自分で料理をしない貴族がわざわざ自分たちのために料理をしてくれた」と思うのだろう。そして生粋の貴族家系の者たちは、奉仕活動に近しい行動原理で私が動いていると誤認する。

実際は、騎士団長を殺す準備だ。大規模演習当日、兄以外の人間全員を、共犯にして。

笑顔で団員達に差し入れをしていると、騎士団長が「すみません、お忙しい中……」と頭を下げながら近づいてくる。

「いえ、ずっと来たかったのです。いつも兄と戦ってくださる皆様と、昔のようにお話できたらと思っていたのですが、王妃教育でどうしても厳しく――でも、ようやく時間が出来たので」

健気な女の声音で、私は軽食の包みを団長に渡した。

周囲は王妃教育と聞き、ばつの悪そうな顔をする。王子の宣言は、誰の目から見ても私の婚約が解消されたも同然だった。

国の王子に一方的に婚約を破棄をされた令嬢。

さらに言えば、前の人生であった「他者の気遣いを罵る」なんて悪評もない分、より悲惨さが際立つ。

「これからは、国に貢献し戦ってくださる騎士様たちと、たくさんお話をさせていただけたらと思っているのです……将来について、考えなくてはいけないのですけれど……」

「お前、騎士団の見学に来て将来考えるって、騎士にでもなる気か」

その空気を台無しにしてくるのが兄のディオンだ。

まわりは呆《あき》れた様子でディオンを見る。「女性が騎士になることは認められていないでしょう」と否定するが、兄は「じゃあなんで」と首を斜めにしただけだった。そのまま興味が差し入れに移ったのか、「甘いのありがとな」と食べ始めた。

とりあえず、騎士団を手のひらで転がして、団長を殺す機会を待とう。給士の真似事をしながら、私は騎士達にケーキを配る。毒でも混ぜてやりたいと考えながら。最後はウェルナーだ。

「はい、どうぞ」

「ありがとうございます……」

しかしウェルナーは、最初に声をかけた時から一転、暗い顔でケーキを受け取った。

食べ物の好き嫌いは無かったはずだ。似たようなものが一昨日の夕食で出たけど、ウェルナーは食べていたのに。「いらないの？」と声を潜めて問えば、「食べますよ……」と、やはり暗い。

「ならどうしてそんなに元気がないの」

「姫様が、こんな愚かで弱くて役にも立たぬ男たちに情けをかける……媚を売るからです。愛想を振りまくからです。こんな愚かで弱くて役にも立たぬ男たちに」

ウェルナーは早口で言う。そしてエディンピアの騎士団について『愚かで弱い』と二度も強調する。声は小さかったため、私以外聞こえていない。

「姫様が配られてしまった。損なわれてしまう。悲しい。悲しいです。辛いことです。俺が全て済ませてしまえば終わる話なのに」

震え声に頭が痛くなる。

団長を殺せば。

そう言わなかったのは、理性がかけらでも残っているからだろうか。

「私は手段を選ぶわ。でも、目的のためならその手段の性質を問うことはしないの。媚《こ》びるしか手段がないからじゃなくて、目的のために最も最適な選択肢を選んでるだけ。私は、私の望みを叶えるためなら、何だってする。矜持《きょうじ》なんていらない」

家族が笑う未来が手に入るのなら。

そして家族を奪った者たちを殺せるのなら私は何でもする。

誰にでも愛想を振りまく矜持《きょうじ》なき妖婦《ようふ》でも、自らの全てを利用し相手を唆《そそのか》す悪女でも、掴みどころなき毒婦でも、何でもなれる。

何にでもなる。

しかし、ウェルナーはいい顔をしない。それどころか「嫌です」「良くないことです」「正しくない」と物事の善し悪しを語ってきて、私は途方にくれた。


騎士たちがしてもらいたいこと。

怪我をしたら手当てをしてもらいたい。

刺繍《ししゅう》の入ったハンカチが欲しい。

頑張っているときに微笑みかけてもらいたい。

私は騎士団に通いながら、彼らの望んでいることを注意深く観察し、叶えていった。

口にもしていない望みを一つずつ叶え、適度に相手を立てながら話す女。

そして、それは今日も同じ。私は騎士たちが休憩し始めるのを見計らって姿を現し、どこまでも都合のよい女を演じていく。

そうして、種を撒《ま》いてしばらく経った頃。私は訓練場の床板に触れていた。

当初は気づかなかったが、床板や壁が古びている。

思えば実戦で使わないような木剣や練習具は、今にも壊れそうなものが多い。

これでは満足のいく訓練はしづらいだろう。

「あの、新しいものに替えられたりは……？」

「訓練場の修繕を申請しているのですが……全然通らなくて」

騎士たちが苦々しく言う。ああ、と私は城に目を向けた。今宰相は王妃とともに隣国エバーラストの侵略を企《くわだ》てている。武器を買うため予算を内々にやりくりしているようだが、その影響がこういったところに出ているのだろう。

見栄を張り、国力を示すために騎士団の正装は豪華に。しかし訓練場は古びて、修繕すらままならないなんて。この国がどうなろうと私は一向にかまわないけれど、家族がこの国で暮らす以上は、きちんと機能してもらわなくてならない。

「私から……そうですね、リタ夫人にかけ合ってみようと思います」

「リタ夫人に？」

リタ夫人は王妃が無視できない存在だ。前の人生では、ティラにより私の悪評が流れ、それを信じた夫人は私を攻め距離が出来たが、現在、リタ夫人は敵ではない。

そしてリタ夫人は幅広い人脈を持つ。それを利用しない手はない。

「ファタール嬢……ありがとうございます」

何も知らない騎士たちは喜ぶけれど、私には目的がある。訓練場が良くなることは兄のためにもなるし、なにより、騎士団の為という理由があれば、予算を調達してくること——私がお金を動かす理由にもなる。

「いえ、当然のことです。人のためになることには、全力を尽くしたいので……私、頑張ります」

あえて馬鹿っぽく、無垢《むく》を装う。

誰のためにとも、何を頑張るとも言わない。

全部嘘だから。


翌日の午前のこと、私はウェルナーとともに、早速リタ夫人のもとへ向かうことにした。

本来、事前に申し出のない屋敷への訪問は失礼極まりなく、ありえないこと。

しかし、「突然の悲劇」そして「奇跡」を演出するには、極めて効果的だった。

――どうしても話をしなければならない。どうかリタ夫人に会わせてほしい。

取り乱した様子でリタ家の屋敷の門番に伝えると、私は客間へ通された。

「約束もなしに屋敷に訪ねてくるなんて、無礼ではないかしら。許されていいことではないわ」

リタ夫人は、あくまで公爵家の夫人として注意をしてくる。

前の人生の夫人は、ティラの味方をし、私の存在をことごとく無視していた。

嫌いな人間は、視界にいれない。同じ屋敷に暮らしているが、ルカの帰還式でも、そのあとのパーティーでも、リタ夫人は公爵から離れていた。

つまりこうして注意をしてくるのは、「なぜ私が断りもなしにやってきたか」を聞く余裕があるということだ。本当に許せないのなら、私は客間に通されていない。

「時間が無いので、端的《たんてき》にお伝えします。このままだと、リタ公爵のお命が危ないです」

周囲をうかがい、リタ夫人にだけ聞こえるように言う。夫人は私の言葉に取り乱すことはなく、

「なぜ?」と怪訝《けげん》な顔をしてみせた。

「……公爵の専属医が良からぬことをしています。公爵は春の前に、胃を悪くされてはおりませんか? お酒の飲みすぎ、食べすぎを指摘されていたはずです。けれど、違うのです。問題は別のところにあるのです。医者が毒を盛っています」

リタ夫人は、夏に夫に先立たれる。

公爵は今年の春——帰還式の前に、身体の不調を訴える。そして医者から薬を処方されるが、それは罠だった。医者は公爵に薬と称し少しずつ毒を盛り、リタ公爵を殺す。全てが明らかになるのは、リタ公爵が死んでからだ。

「そんな話を、私に信じろと言うの?」

リタ夫人はあくまで冷静に問いかけてくる。

「はい。信じてもらうしか、公爵の命を救う手段はありませんから」

「……医者が毒を盛る理由は」

「医者の妻は、公爵が若かりし頃、関係のあった方です」

公爵は若い頃、医者の妻と関係があった。医者はそれが許せなかった。リタ夫人の裏切りを憎む性質は、公爵の死によりさらに加速した形となる。

心を移した人間ではなく、その相手を憎む。リタ夫人も見に覚えがあるはずだ。前の人生の私もそうだった。心を移したと知ってもなお、愛していたから。

「どうして貴女がそんなことを知っているの」

「言いたくありません。裏切りを憎む夫人に、嘘をつくことになるので」

「ならば質問を変えましょう。どうして私にそのことを教えようと思ったの？」

「私が成し遂げたいことに、夫人の協力が必要だからです」

ティラのように何も知らず無垢《むく》を装えば、後ろ盾にはなってもらえるだろう。悪くは言われない。王妃の思惑からも、ある程度は守ってもらえる。

でも協力者にはならない。守り以上の物を得られなくなる。

「一度公爵の薬を拝借して、草木にかけてみてください。日も経たず、草は溶け、ほぐれるように枯れて朽ちていくはずです。枯れるはずです。そして、薬を一回分失くしてしまったといえば、医者はすぐに用意します。貴重で大変手に入りづらいもの……と聞いているのでしょうが、実際は医者が作った毒ですから」

私は用件だけ伝えると、夫人に礼をして背を向ける。

「貴女、そんなふうな人だったかしら。私の知ってるファタール家のご令嬢と、随分異なる様子だけれど」

後ろから声がかかる。

「……家族のためです。何かを守るためには、善性も美徳も必要ない。そう、思い知りました」

私は振り返ってそう言うと、そのまま客間を後にする。

苗を植えた。あとは育ち、花が咲くのを待つだけ。

午前にリタ夫人の元へ向かった私は、午後、訓練場に顔を出すため、城の回廊を歩いていた。しかし――、

「ウェルナー、いい加減にして」

私の隣で、死んだような顔で歩くウェルナーを見やる。彼は午前こそ元気だったが、午後、騎士団の訓練に参加するよう命じたら、途端に機嫌が悪くなった。

「なにがですか」

「元気がない。死人を連れて歩いてるみたいだからやめて」

「騎士団長を殺す許可を出してくれるのなら、今すぐ元気になれますよ」

ウェルナーは殺すと言うが、彼は騎士ではなく男娼《だんしょう》として生きてきたのだから、人の殺し方などまだ知らぬはずだ。

それに、相手は騎士団長だ。

ひ弱な宰相とは違う。

真っ向から立ち向かって、殺せるはずがない、大規模演習に乗じて殺す方が確実だ。

「そんな物騒なこと言わないで、ここは王城よ？　誰が聞いているかわからないわ」

「気配には気を遣っております。ああ……その曲がり角から愚か者が来ますよ」

ウェルナーの繊細な指先が、空《くう》を指す。

剣を握ることで出来た傷が、いくつも刻まれている。

だが、どうも最近ではない、かなり昔から出来ていそうな傷痕もある。思えばウェルナーと初め

て出会ったとき、彼はレーウェンの屋敷の中庭にいて、木剣を――、

「ロエル」

しかし、聞こえてきた声の不愉快さに、過去の追想から引き戻された。

ウェルナーの言う愚か者というのは、ルカのことだったらしい。

「王宮が抱えている護衛を断り、その護衛をティラにつけるよう進言したと聞いた」

ルカは言う。

どうやらティラについた護衛は、ルカに対し、自分がティラについた経緯を話したらしい。

確かにそのほうが、王妃の命令であると伝えるより、王族の監視下に置かれている事実を薄めることが出来る。利用されたのだ、私は。

「お前は、虚弱の男を自らの騎士にすると言ったそうだが」

そしてルカはウェルナーに視線を向けた。ウェルナーはルカを見返すが、敵意をむけるというより、相変わらず無感動そうな眼差しだった。騎士団で私が過ごしているのを見るウェルナーは、感情が顔に出ているどころではないのに、今はとことん無の顔をしている。むしろ、ルカのほうがウェルナーに敵意を向けているようだ。

「……ウェルナーは以前は虚弱を理由に入団義務を免除されていましたが、現在はその限りではございません」

私はなるべく棘《とげ》のないよう言った。一部の貴族が内々に入団免除を行っているのは、暗黙の了解のようなものだ。ルカも知らないはずがない。

「お前はいったい、何を考えている」

しばしの沈黙を経て、ルカの標的がこちらに移る。

「何を考えているとは？」

「王妃の指示ではないのか」

ルカはどこか焦燥《しょうそう》を滲《にじ》ませながら問いかけてくる。

彼の母親で、この国を王とともに背負うアグリ王妃は、ルカを立派な王とするためならば、我が子に暴力をふるうこと、折檻《せっかん》すら当然としている。幼い頃、ルカから聞いたし、実際、見たこともある。王族に近い人間の間では、聞き慣れた話でもある。

息子への愛がそうさせる。

息子が不出来なあまりそうさせる。

息子を駒としか思ってないからそうできる。

王妃のルカへの『教育』について、三者三様の意見が分かれているが、当のルカは王妃について、「母は俺を、駒としてしか見ていない――」と言っていた。

王妃の指示を疑うルカの声音は、私の隠し事を言い当てるようなものだったが、大はずれだ。

「いえ、私は自分の思うまま、ティラ様に護衛をつけるべきと打診しました」

「どうしてだ」

「……平和な国を作るため、殿下はティラ様をお選びになったのでしょう？　ならば私はそのご意向を尊重するまで」

――それに、と私は視線を落とした。

「私はもう王族とは関係のない身の上だと考えております」

「ロエル……」

ルカは、驚いた顔をしていた。

突然の蛮行をおこなったのはそちらのほうだというのに。

「お前は私の婚約者ではなかったのか。王妃を目指していたのではなかったのか」

ルカが訴えてくる。

私がまだルカに想いがあることを前提としているような調子だ。

「帰還式の殿下の宣言をお聞きして、私が王妃になるより、ティラ様が王妃になるほうが、国が豊かになると感じました。なにより、殿下には幸せになっていただきたいです。私が王妃教育で不安を感じていた中、励ましてくださったのは貴方ですから」

では、と礼をしてルカのもとを去っていく。

私はもう、婚約者じゃない。役割としても、私の心としても。どちらの意味でもだ。

今の私にとってルカは、家族の幸福の邪魔にしかならない。

「嘘、ですよね？」

回廊を進んでいくと、ウェルナーが確かめてきた。

「なにが？」

「あの男の幸せを願う言葉」

忌々しさを塗り重ねた「あの男」との発言に、ルカを差しているとすぐ分かった。

「誰が聞いてるかもわからない場所で不敬は謹《つつし》んで」

注意をするが、ウェルナーは「いませんから」と、態度を改めようとしない。

「あの男、まだ姫様に想いがあるのではないでしょうか。自分が切り捨てられたことが気に入らないのか、それとも、手放す前に失って、大切さに気づいたのか――定かではないですが、そんな男の幸せを願うのですか」

「そんなわけないでしょう」

私はため息を吐く。百年の恋も冷めるという表現があるが、冷めたというよりもはや消失したと表現するほうが正しい。今では、リタ夫人が夫に対してどんな気持ちであったか、前の人生の記憶をもとに知識として想像できるだけで、共感は全くできない。

私の答えに、ウェルナーは、ゆっくりと口角を上げた。

この男、私が最初からルカを忌み嫌っていることを分かった上で訊《たず》ねてきている。

「趣味が悪い」

私はウェルナーを睨《にら》む。

趣味が悪い。でもそれは、ルカを好んだ前の私についても言えることだ。

「ちなみに俺は、いつでも、いつまでも、貴女の幸せを願いますよ。死んでも、ずっとずっと」

一方、私に睨《にら》まれたウェルナーは悪びれもせず微笑むばかりだ。

「それは本当に、私の幸せ?」

「はい」

淀《よど》みない声で、彼は目を細めた。


矢を握り、弓を構え、離す。

風を切る音がしたあと、トッ、と訓練場で軽い音が響く。

「ロエル様……あの……弓はあまり得意ではない……のでしょうか……ふふ」

「だ、大丈夫ですよ！　ロエル様　頑張れば上達しますから！」

的を大きく外した惨状《さんじょう》を見て、騎士達が苦笑いを浮かべる。

今日も私は訓練に参加していた。

前まではファタール嬢と呼ばれていたが、ファタール様にかわり、ロエル様と呼び方が変化してきた。

「でも……こうして体験してみると、皆様が本当に素晴らしい素質を持ち、その素質を腐らせない努力をしてきたことが、よくわかりますわ。今はこうして的が止まっておりますが、実戦は動くものを狙わなくてはならないのでしょう？」

――素晴らしいことです。

上目遣いで繰り返せば、騎士達はにやりと口角を上げる。

「いやいや……慣れれば簡単ですよ。なぁ」

「まぁ、身につくまでやっぱり時間がかかりますけどね。でも、弓はどちらかといえば敵を弱らせ仕留めるための支援という意味合いが強いですから。剣が一番ですよ。副団長は弓もいいって言いますけど、団長は……俺らのこと、戦力の頭数にも入れてないでしょうし」

騎士団に弓専門の部隊はいない。

弓は剣と異なり次の一手をうつまで時間がかかることや、接近されたら最後というのが大きな理由だ。

そして弓は剣より力を必要としない——という偏見もあって、騎士団の中には弓の腕を磨くのは剣術や力に自信がないから、という思想が在る。

敵の弓で死ぬことは、周囲への警戒が足りない愚か者等、弓を射るもの、射られる者、どちらにも風当たりが強い。

だからこそ、弓を得意としているものは、おだてられることに慣れていない。

「でも、人を支えるって素敵です。私は、美しいと思います」

弓を得意とする彼らは熱っぽく私を見る。しかし、すぐに視線をこちらから反らした。

「……」

騎士たちは気まずそうに、私の背後を見る。振り返ると、遠くでウェルナーがとんでもない形相でこちらを見ていた。

「ウェルナー」

私は呆《あき》れながら呟く。騎士たちは「ファタール嬢の新しい護衛は……なんていうか、忠実、ですね……」と、ウェルナーの形相に明らかに引いていた。

「申し訳ございません……」

私はすぐに謝罪する。騎士たちは困ったように笑って、首を横に振った。

「顔立ちこそ硝子《がらす》の彫刻みたいですが、あの表情を見ていると、なんていうか、教えたくなりますね、女性たちに……」

「女性たち？」

「ああ、ウェルナー、人気なんですよ。登城中や仕事中、わざわざ遠回りして訓練場の側を通り過ぎてウェルナーを見に来る御夫人ご令嬢宮廷仕えの多いこと多いこと」

「だな……ウェルナーのことといけ好かないって思ってたけど……普通に強いし、あんな顔するってわかるとさ……面白くないっていうより……気味の悪さが強くてな……悪いやつではないんだろうけど」

騎士たちが肩をすくめる間にも、ウェルナーは相変わらず恨めしそうにこちらを見る。

私はやむなく、木陰でぽつんと訓練に励むウェルナーのそばへ行った。

「今日はケーキ配ってないけど」

小声でウェルナーを責める。

「……貴女の称賛に値しない陳腐《ちんぷ》な存在がずいぶんと分不相応なお言葉を享受《きょうじゅ》しているなぁ……と、思いまして」

「陳腐《ちんぷ》って、誰かに聞かれたらどうするの。外で変なこと言わないで」

ウェルナーは私に尽くす所存と言うが、この素行を見ていると、邪魔になりかねない。帰還式では助けてもらったけれど……

「いっそ二人で国を出ませんか。別に貴女は、この国が好きなわけではないでしょう」

「家族を置いていけない。ディオンは騎士団にいるし、母は……領地があるから」

「ならご家族が住まいを移すことになれば貴女はこの国を捨てるのですね」

「まぁこの国自体に思い入れはないから。戦争にでもならない限りそうはならない」

私は周囲を見渡す。前は王妃になって、この国を良くしたいと思っていたけど、今はなんとも思わない。家族が無事で幸せならと思うだけだ。

ウェルナーは私の返答に「承知いたしました」と、やけにかしこまった返事をした。そしてすぐに、ぱっと私から視線をそらす。

「今度はいったい何……？」

私は、ウェルナーの視線の先に振り向く。

そこには、強張った面立ちで、訓練場の入り口に立つリタ夫人の姿があった。


「貴女の言うとおりだったわ」

私はウェルナーを訓練場に残し、リタ夫人の屋敷に向かった。客間ではなくリタ夫人が密談に使うらしい私室に通されると、開口一番リタ夫人はそう言った。

彼女は私室の戸棚から、硝子《がらす》の箱を取り出す。中には真っ赤な花びらがただれるように溶けて、すっかり枯れたアネモネが無造作に散らばっていた。

適当な雑草を選べばいいのに、わざわざ花で試したらしい。

「医者はどうなさったのですか」

「裏切り者のことなら、昨日捕らえた。理由を聞いたら貴女が言った通りのことを話したわ」

「さようですか。公爵のお体は？」

「新しい医者に調べてもらっているところよ。今分かっていることは、毒を飲み続けていたら、夏には死んでいたということだけ」

リタ夫人は硝子《がらす》の箱を私に見せ、またこちらに背を向け戸棚にしまう。

「……自分の計画がなぜ露見したのか。裏切り者はずっと気にしていた。計画は完璧だったのにって」

たしかに医者の計画は完璧だっただろう。現に、前の人生では公爵を殺せたのだから。

公爵の死によりリタ夫人は八つ当たりするような形で、私を徹底的に無視し、ティラを擁護《ようご》した。

「前に言ったわね。私の協力が必要だと」

そんなリタ夫人が、今、私に振り向いた。

「騎士団の訓練場の整備の予算が下りません。なので、資金が必要なのです」

「融資しろということ？」

「いえ、紹介をしていただきたいのです。良いものであれば、どんなものでも秘密裏に買い取っていただける商人を」

「訓練場の整備以外にも、なにか目的があるようね」

「はい」

「理由を聞かれても、嘘をつくしかないから言いたくない？」

リタ夫人が私を見据《す》える。

「ティラが現れ、私は次期王妃ではなくなった。ただそれだけなら、問題はありません。でも、ファタール公爵家が不要と判断され、危機に陥ったとき、救ってくれるのは地位や名誉でもなく、資金です」

前の人生でこの国はファタール公爵家を不要とした。

何が起きるかわからない。兄、妹、そして——母になにかあったとき、対処ができるように資金が必要だ。今の三人は、国から離れることを望まないだろうけど、どうにもならなくなったら、三人が望まなくてもこの国から逃げてもらう。手荒な手段を使っても。そのためには、お金がいる。

「王子の婚約者から外されたことを、ただそれだけと言ってしまうのはあまりにも不敬だわ」

「……失言でした。申し訳ございません」

「悪いと思っていないでしょう」

リタ夫人は窓に視線を向けた。ややあって、夫人は続ける。

「……でも、騙《だま》そうとしていないところは、評価するわ」

「では」

「商人を手配するわ。でも、何を売りたいの？　半端なものなら、相手にすらされないわよ」

それは承知の上だ。どんなものでも価値さえあれば買い取るなんて危ない橋を渡っているのだから、渡り甲斐もないようなものに、賭けたりなんてしないだろう。

「大丈夫です。私の売りたいものは――」

私は、私にとって無価値のもの、けれど人によっては、とても価値のあるものを口にした。

リタ夫人は目を見開く。

「本当に、いいの？」

「ええ。訓練場の整備費とするならば、大幅にあまりが出るくらいでしょう？　なので、余ったお金を元に、今後価値が高まりそうなものを買い、売っていこうと思います。ですので、ご紹介いただく商人の方とは長いお付き合いになるかと。どうか今後とも、ご協力のほどよろしくお願い申し上げます」

微笑むと、王妃の前ですら厳格そうに佇《たたず》み、狼狽えることなど知らぬはずのリタ夫人が、わずかに息をのんだ。


リタ夫人の協力が得られるようになり、十日。

こちらの想定より早く資金調達を行うことができた。

王妃も無視できない存在の為せる技、ということだろう。

しかしながら、夫人の手により資金を調達できても、古びた訓練場の整備作業は時間のかかることだ。それらも表向き「騎士団想いのリタ夫人」により、多くの職人が集められ、団員が鍛錬に励む傍ら、職人たちが端々で整備に取り組んでいた。

「ありがとうございます。ファタール嬢……この度はなんとお礼を申し上げたら良いか……」

騎士団の団員達が私にお礼を言ってくる。

「何をおっしゃるのですか。すべてはリタ夫人のご厚意ですよ」

「リタ夫人にかけ合ってくださったのはファタール嬢ではないですか」

周囲は私が商人に物を売り、資金調達をしたなんて知らない。私がリタ夫人に頼み、夫人が自分のお金を使って動いたということになっている。

「……まぁ、兄も困っていたようですし……、ここ数年は騎士団の方々に何もすることが出来ていなかったので……お願いはしましたが……リタ夫人のおかげですよ」

私は嘘をつく。ディオンは訓練場が古びていること自体、気づいていなかった。

経年劣化で倉庫の扉の立て付け悪いのに、「昨日雨降ったからか？」と結論づけ、力任せに扉を開き、破壊していたくらいだ。リタ夫人により訓練場の整備が行われると言ったのに、その返事が「増えるのか？」だった。

私は団員達の言葉に、ほどほどに相槌《あいづち》をうちながら、昨夜作ったレーズンのクッキーを配り歩く。

しかし、木剣が折れる音が響いて、足を止めた。

休憩中にもかかわらず、先輩の騎士を相手に手合わせをしていたウェルナーが、訓練場の中央で仁王立ちしていた。彼の目の前には、尻もちをついた先輩騎士がいる。床には先輩騎士が握っていたであろう木剣が、真ん中からひしゃげるように折れていた。

「あいつ……最初から普通に騎士団入ってれば、役職がついてたんじゃないか」

ぼそりと、団員が言う。

「なんか、俺らの戦い方全部、知られてるって感じがするんだよな」

「分かる。目がいいのかも」

感嘆しながら団員達はウェルナーの剣捌きを称賛した。

やがて、別の先輩騎士がウェルナーに手合わせを申し込み、また戦いが始まっていく。

華麗で、力強く、獲物を確実に仕留めようとする動きだ。不格好に私の首を絞めていた男と同一人物とは思えない。

「なーにぼさっとしてるんだ。少しは新人に抜かれるんじゃないかって焦ったらどうだ」

後ろから、すっと団長が現れた。

それからウェルナーを見ていた騎士達の頭を叩いていく。騎士達は慌てて訓練に戻っていった。

団長はため息を吐いて、私を見やる。

「野郎たちがすみません……」

「いえ、皆さんのお話はとても勉強になりますので」

「本当ですか？」

団長は怪訝《けげん》な顔をしながら、私の隣に立った。

「リタ夫人の件も、ありがとうございます。頼んでくださったとか」

団長が改まった様子で言う。

「いえ、私は全然」

「助かりました。レヴンは努力しろの一点張りで、王妃も王も頷《うなず》かない以上、どうにもなりませんからね」

王妃も王も。

王も王妃もとならないのは、騎士団長にとっても、実質国を取り仕切っているのは王妃という認識があるからだろう。

「……兄はどうですか。騎士団で」

「よくやってくれていますよ。副団長として」

「そうなのですね……家での兄を見ているので、立派に務めているか不安でしたが、騎士団長が認めてくださっているのなら、私も安心です」

そう言うと、団長の雰囲気が少し張り詰めたものにかわる。

「はい。あいつはいい団長になりますよ」

兄を認めているはずがないのに。

「そういえば、ロエル様は大規模演習に参加されるとか」

騎士団長が、世間話を装《よそお》いながら確認してくる。

「はい。炊き出しの方のお手伝いをしようと思って。明日はキャラウェイシードのケーキを焼くんです。出来立てのケーキのほうが美味しいでしょうし、スパイスとシードがよく香るでしょう?」

「大変ではないですか?　かなりの騎士が参加しますが……」

「ええ……なので訓練そのもののお手伝いは出来ず、ケーキにかかりきりになってしまうのが心苦しいところです……」

そう言うと、目に見えて団長が安心した表情になった。私がケーキ作りに専念していれば、兄を殺す邪魔にならないからだ。

「少し話しすぎましたね。これでは部下たちと同じだ。では」

確認を終えた団長は、苦笑しながら去っていく。

私はふいに団長にも差し入れを渡し忘れていたことに気づき、籠《かご》を手に団長へ駆《か》け寄ろうとした。

しかし、籠《かご》が誰かに押さえられた。

「駄目ですよ。騎士団長は干しぶどうが食べられません。窒息に至るので……体調に支障が出てしまえば、明後日といえど合同訓練に差し障るでしょう」

鍛錬を終えたウェルナーだった。

そんなこと、私は知らない。

「どうして知っているの」

「訓練中に、世間話で」

ウェルナーはそっけなく返す。

「騎士団長のこと調べてくれたの?」

「……これは俺がいただきますからね」

ウェルナーはそう言って干しぶどう入りのクッキーをかじった。

「さっきも食べていたでしょう……?　多く作ってきたほうがいいってこと?」

「腹を空かせているわけではないです。他の者への施《ほどこ》しまで増えてしまうので駄目です」

「じゃあ余り物は捨てろと？　材料がもったいないわ」

「ご家族に差し上げては」

「これは、計画のために作ったもの。お兄様も……貴方も食べてしまっているけれど」

私は差し入れを詰めた籠《かご》を見やる。

「ご家族が大切なのですね」

「ええ。今の私にとっては一番大切」

家族の幸せを守ること。

私はそれ以外いらない。家族さえ幸せなら、全部どうなったっていい。

なにもかも全部。


訓練場の整備は進んでいる。リタ夫人との取引も順調だ。そうして日々は過ぎ、大規模演習前日のこと、私はウェルナーと訓練場に向かっていた。

「明日が無事に終われば、施《ほどこ》しの日々も終わるのでしょうか」

「きちんと計画が果たせたらね」

私は周囲に注意を向けながらウェルナーに返答する。朝の中庭は小鳥のさえずりがあちこちで聞こえる。人気が少ないことで、動物たちが自由気ままに過ごしているのだろう。

「あれ、ウェルナー、ロエル！　早いな！」

しかし、遠くから走ってきたディオンの大きな声で、一斉に小鳥たちが飛び立っていった。

思わず笑いそうになってしまう。ディオンは朗らかに大きく手を振っていて、私はそっと手を振替しながら駆《か》け寄っていく。

ディオンは昨日、城の夜間警備の当番だった。

おそらく交代の時間なのだろう。「今から訓練かぁ？　大変だなぁ」なんて、少しくまのある瞳で笑う。

「お兄様はこれから屋敷に帰って寝るの？」

「ああ！　お前らが頑張ってる間、夢の中で訓練してるぞ！」

「何言ってるの」

兄の軽口に肩をすくめる。その時だった。

後ろから、肩に触れられる。温かい手だ。

私の肩に触れたウェルナーが、そのまま引き寄せてきた。

今まで、肩に――身体に触ってくることなんて一度もなかったはずなのに。

一体何なんだと振り返ると同時に、ウェルナーが目の前に飛び出した。同時にがしゃん、と砕ける音が響き、土の匂いが広がる。

辺りには砕けた陶器の破片と、尻もちをついた兄、そばには、背中から血を流すウェルナーがいた。

植木鉢が落ちてきて、ウェルナーが兄を庇った。

理解した途端、私はすぐにウェルナーの背中を押さえた。

白いシャツに、じわじわ血が広がっている。兄は「早く医者連れてこい！」と叫んだ。

どうしてこんなことが。

どうして、混乱のさなか、ウェルナーが口を開く。

「視線を落としたままで聞いてください。団長が城の二階にいると思われます。一瞬だけ、姿が見えました。おそらくもう、移動しているとは思うのですが……」

団長が行ったこと。どうして、訓練はまだ先では。

そう思って、私は兄がよく怪我をして帰ってきていたことを思い出した。兄はそばにいた仲間を「庇った」と言っていたが——もしかしてもともと、兄を狙ったものだったとしたら。

兄はずっと前から、こうして危ない目に遭《あ》わされていた
大掛かりな準備をしながら、団長はその間も絶え間なく兄を殺そうとしていたのかもしれない。

傷が多いと思っていたが、本人すら狙われていると認識せず、繰り返し、繰り返し。

私は血が流れている背中を苦々しい気持ちで押さえた。

なのに、ウェルナーは痛みを堪《こら》えながらも体勢を変え、私に顔を向ける。

「そんなに悲しい顔をしないでください。心が痛みます」

「……使えなくなったら困るから」

後付のような間合いの返答に、ウェルナーは「なるほど」と頷《うなず》く。

なにもかも、ぜんぶが不愉快だった。

幸いウェルナーの傷は皮を切っただけ、大規模演習に参加しても問題ない——軽い怪我と診断された。植木鉢の落下もだ。ただの事故と処理されたが、当たりどころが悪ければ間違いなく死んでいるか、騎士生命を絶たれかねないものだった。

そうして私は、最悪な気分で大規模演習当日を迎えた。

「……傷の調子はどう？　痛む？」

渓谷《けいこく》の訓練場を目指しながら、隣にいるウェルナーに尋ねる。

斜面には菜の花が咲き乱れていた。鮮やかな黄色の絨毯《じゅうたん》が敷かれたような光景は華やかだが、花に気を取られていると、岩や窪《くぼ》みに足を取られ、谷底へ落ちていく。

愛らしくありながらも、この渓谷《けいこく》は人を拒絶する。古《いにしえ》の王の言葉どおり、熊が出たり道の途中が突然断崖になっていたり、歩くのには苦心する。傷があればなおさらだろう。

「傷はなんともないです。痛みもありません……おっと、そちらは足場が悪いですよ」

なのにウェルナーは、私を気遣う余裕すら見せながら涼しい顔で歩く。

「ああ、ひとつお願いがあるのですが」

「……なに？」

「今日、無事目的が果たせたら、その分の報酬をいただけませんか」

ウェルナーは静かに言う。気がかりはあれど、ウェルナーは兄を助けてくれた。それに、報酬を支払うことは、当然の義務だ。深く考えること無く、「どうぞご自由に」とすぐ返す。

今日、私はようやく、騎士団長を殺せる。


渓谷《けいこく》の中腹、なだらかな菜の花畑の丘で、私はケーキ作りをしていた
大規模演習の流れは、午前は実戦演習、昼食の前、この菜の花畑からやや離れた、渓谷《けいこく》の裏手を利用した救助演習が行われる。訓練と異なり、全員木剣ではなく鋼の剣を携《たずさ》え、防具を纏《まと》う。

兄が殺されるのは廃村での演習前。演習準備を行う騎士団長を追いかけ、殺される。

そして今日、私にはその時間、ケーキを作る役目がかせられた。

訓練に参加するのべ五十人以上の分のケーキを用意する。ただの公爵令嬢がだ。休む暇はない――と思われているが、私には騎士団長を殺すという目的がある。

作るのはまごころを込めた、団員の差し入れではない。

私に騎士団長は殺せないという、偽りの証拠だ。

私は、淡々とした気持ちで作業を始めた。小麦の粉に、クルミやアーモンド、干した林檎《りんご》や柑橘《かんきつ》と、脂、牛乳を加え混ぜ合わせる。べったりとした生地になったら、まとめて布でくるみ、そのまま鍋に放り込んで蒸し上げる。エディンピアには馴染みのない、茹でるケーキだ。

作り方を知らなければ、五十人分も作るなんて途方も無いことだと思うに違いない。

その証拠に、私を心配してくれたらしい兄のディオンが剣を携《たずさ》えたまま、実戦訓練中にこっそり抜け出してきた。

「お前ケーキ作りするっていうけど大丈夫かよ、っていうかお前、護衛はどうしたんだよ」

「兄さんこそ、大丈夫なの？　今休憩中？」

ディオンはケーキ作りや、ドレスのことが分からない。そのくせ私やエルビナが自分の分からない分野について関わっていると、様子を見にきて、口を挟んでくる。昔からの習性だ。

兄は周囲を確認し、まわりに私しか居ないと判断すると、「こっそり抜け出してきた」と、人なんて居ないのに小声で話す。

「最低、副団長失格だわ」

私は嘘を吐いた。

実際、兄がこうして私のもとへ顔を出してくれなければ、計画が失敗してしまうところだった。

本当は兄にこの上なく感謝している。

「大事な家族を心配してきてるのにその言い方はないだろ。それに、休憩中に鍛錬して帳尻合わせはするつもりだし」

兄がそばにあった干し林檎《りんご》をむんずと掴み、口の中に入れた。

「それ使うんだけど」

「残してあるし、あれだろ。これがなくなっても出来ないものじゃないだろ？」

「膨《ふく》らまなくなるし、焼くと爆発するようになる」

「本当か!?」

兄は絶句した。

「嘘、これなら食べていいよ」と、包んでいた人参のケーキを差し出す。茹でるケーキについて調べていたとき、一緒に出てきたレシピだ。

「いつから嘘なんてつくようになったんだよ」

兄は眉間《みけん》にしわを寄せながらケーキをかじった。

私は嘘が嫌いだった。

でも今は、手札の一つになっている。兄に対しても。

「俺にできそうなことがあれば、手伝いたいんだけど」

人参ケーキを食べ終わった兄が、私の周りをウロウロし始めた。

「なにそれ」

「だって怖いだろケーキ作り、俺、なんもわからないし、変なことして爆発とかしたら嫌だし」

「なら見ていればいいのに」

「そういうわけにはいかないだろ……あ、この汚い容器洗うわ」

「それ使うやつ」

「本当か！」

「嘘」

「なんだよ嘘つくなよ、俺、かなり真剣だぞ……？」

そう言いながら、兄は恐恐《こわごわ》と私の手伝いを始めた。

「ウェルナーはどう？　強くなってる？」

「ああ、あいつ、虚弱だって言っちゃってたけど、本当に……いい騎士になると思う」

「それは何より。兄さんの教え方が上手だったのも、あるんじゃないかな」

「まぁな」

照れくさそうに兄が笑う。この笑い方が私は好きだ。春に咲く花を思わせる、この笑い方が。

兄こそ、無垢《むく》という言葉がよく似合う。年上で、騎士団の副団長という立場で穢《けが》れがないことは問題だろうが、このまま菜の花のように清らかでいて欲しい。

「なぁ」

「なに、」

「……小さい頃、俺が中庭で木の枝振り回して、お前は書庫で本を読んでいたの、覚えてるか？」

幼い頃、私は書庫、エルビナはクローゼット、ディオンは中庭と——別々で遊ぶことが多かった。でもそれは、一日の最初だけ。お昼をすぎると自然に集まり、私達は一緒に遊んでいた。

それがいったいどうしたの。問いかけようと振り向くと、兄は真面目な顔で私を見ていた。

「……そんな感じだったからさ、俺は騎士団に入って城の中庭で、戦って、お前は城の中で王妃教育して、エルビナは屋敷で花嫁教育受けてって、ばらばらなことに何の疑問も抱いてなかったんだけど、それって、お前にすごく、悪いことだったよな……」

とぎれとぎれ、兄が言った。

兄がそんなふうに思っていたなんて。

「悪いことなんてされてない」

「王子とか……ルカ殿下が国を出て、手紙がよく届いてた頃のお前は元気だったけど、だんだん手紙が来なくなった辺りから、暗かった。それに気づいてたのに、なんて声かけていいか分からなくて……でも、そういうのは、やめる」

「なにそれ」

おかしな宣言に苦笑する。

「様子見てばっかりだったから、特に王子についてのことは」

「うん、そう……？」

一応納得して見せるけど、私は兄に、ルカについて関わらせる気はない。私は兄に何も言わない。心配だから。兄には何も知らないでいてもらう。兄には綺麗なままでいてほしい。

「だから俺は、お前が嫌がっても、口出しをして、ちゃんと——」

ルカは言いかけ、不自然に言葉を止めた。

「どうしたの兄さん」

「なんか急に、眠く……な……」

兄は最後まで言えず、どさりとその場に伏せた。菜の花畑に沈むように倒れる兄は、まるで一枚の絵画に閉じ込められたようだった。綺麗だなと思う。そう感じるのは兄が生きているという確信があるからだ。

「姫様」

物陰からウェルナーが出てきて、兄を抱える。

「私の方こそごめんね」

眠りに落ちた兄に向かって私は謝罪する。

大切な兄に薬を飲ませ、ケーキを作りながら人を殺すような妹で。


大規模演習中、兄は最初、私に護衛はどうしたか聞いてきた。

面白いことを言う。護衛は兄なのに――と、実は思っていた。

復讐をするにおいて、公爵令嬢という身分ほど邪魔なものはない。護衛が必要になるからだ。

しかし、騎士団の訓練に、それも大規模演習に参加するのであれば、また違ってくる。

私には何人もの騎士から、護衛の申し入れを受けていた。しかし今日に至るまで、護衛についていた。

「兄がいる」と、伝えていた。そして騎士団長と兄には、「皆さんが見てくださるそうで」と伝えていた。

兄が訓練に参加していても「今は別の誰かに頼んでいるのか」と皆考える。兄自身に妹を放っておいて大丈夫かなんて問いかけもしない。副団長が護衛から目を離すなんてありえないからだ。

つまり、兄への信頼を利用した形だ。

そして私は、兄を殺すべく人目を忍び、訓練から抜け出した団長の前に、簡単に現れることが出来た。

「大変です、団長！」

私は救いを求める娘を演じる。

剣を携《たずさ》えた団長は、突然現れた私に「どうした！」と、善良な顔で駆《か》け寄ってきた。

「兄が、兄が小屋の下敷きになって、まだ、息はあるのですが、私じゃ助けられなくて……と、とにかく来てください！」

私は団長の腕を引く。

彼はたった今罠をしかけてきたばかりだ。

これから兄を見つけ、適当なときに呼び出すはずだったのに。計画が狂った――そう言わんばかりに、「え」と、顔を青くした。

滑稽《こっけい》で笑いそうになるのを押さえ、私は団長の手を引く。森の奥、兄が殺された場所へ。

獣道《けものみち》を進んだ果てに、兄が下敷きにされたであろう小屋の裏に出た。団長が僅《わず》かに眉間《みけん》にしわを寄せる。小屋が崩れていないからだ。

「この奥で、兄が」

「わ、分かった。い、今助ける」

そう言うが、団長は中へ入ろうとしない。

小屋が崩れず兄が下敷きになっているということは、崩壊が始まったばかり。自分が中に入り兄を助けようとしたら、自分もろとも下敷きにされる――そんな躊躇《ちゅうちょ》が、頭から離れないのだろう。

「どうして中に入られないのですか。兄を殺すため作った罠が恐ろしいのですか」

冷たい声で問う。

もう、団長は後戻りが出来ない。終わりだから。

「え……ど、どうしてそれを」

愕然《がくぜん》とした表情で、団長が振り返った。

「貴方自身から聞きましたよ」

私は微笑む。

恐怖を覚えたのか、団長は小屋に入ること無く、私から離れるようにして、小屋の前——自分が兄を罠にかける時、立ったであろう小屋の前に逃げた。

その瞬間、ひゅっと風を切るような音がして、騎士団長の足が止まる。

その胸、足、首、胴に矢が刺さっていく。

「剣を離せば終わりと、おっしゃっていましたね。そういえば、弓で死ぬことも騎士の死に方では、良くないこと——とか」

何が起こったか理解できぬまま膝を崩す騎士団長に、近づいていく。

騎士団長が兄を殺すため、幾度《いくど》となく通った道に、私は前もって罠をしかけていた。

熊用の、重さに反応して矢が飛んでくる罠だ。

人を殺す準備をしている間は、武装なんてしない。

小屋に武装してやってくるのは当日。

だから、鎧の重さを鑑みた上で、罠をはっていたのだ。

そして、力なき私が騎士団長を殺す手段は、弓だ。弓を得意とする騎士達は、家でも練習すればいいと、簡単に自分たちの練習道具を貸してくれた。

「兄、生きてますよ。キャロットケーキをお腹いっぱい食べて、夢の中です……もうすぐ騎士団長になるというのに、自覚が足りないんですかね」

急所を射られてもなおしぶとく生きる団長に、私は最後の手向《たむ》けを行う。

「お、お前が……ど、どうして……俺の計画を、なんで」

「さっき、貴方から聞いたって、言ったではないですか。正確には、私の兄を殺した貴方から、ですが」

私は付け足す。

団長は大きく目を見開き口を開くが――言葉を紡《つむ》ぐことは出来ず、そのまま息途絶えた。

後はこの死体を焼けばいい。野営でいたるところで煙が上がっている。

きっと同じように、団長も兄を焼いたのだから。

「姫様」

遺体に手を伸ばそうとしていると、ウェルナーが近づいてきた。

「近づかないで。まだ罠、取り除いてない」

団長が逃げたときのため、小屋のまわりにも罠をはった。罠がないのは小屋の中だけ。

兄を助けに行けば、団長ば死ぬことなんてなかった。

ウェルナーは細身で罠は作動しないだろうけど、念には念を入れておいたほうがいい。

「私は貴方に、兄を見ていてと言ったけれど」

ウェルナーには、罠の準備のほか、眠った兄の見張りを命じた。

彼は、「大丈夫です。木の上に隠しておきましたから」と、酷いことを言う。

「人の兄を木の上に隠しておいて何しに来たの」

「万が一がありますから」

ウェルナーはそう言って、倒れる騎士団長の胸を一突きした。

剣を引き抜き、その血を自らのハンカチで拭《ぬぐ》う。

「証拠を増やしてどうするのよ」

「さ、早く燃やしてしまいましょう」

話が通じない。私の言葉をちゃんと聞いているのか。ウェルナーはハンカチを懐に入れ、騎士団長を担ぐと、予《あらかじ》め用意していた焼却用の穴にほうり落とした。

やがて火が放たれ、人を灰に変える炎に変わっていく。空高く上がる煙を見上げれば、月桂樹《げっけいじゅ》の花が咲いていた。花言葉は――栄光、名誉、勝利と騎士団にふさわしい。でも……その葉の言葉は、死ぬまで変わらず、だ。

言葉通り、騎士団長は変わっていなかった。皮肉なことだ。私は炎を眺める。

まずは、一人目。

これで兄の未来は、前よりいいものになるはずだ。


騎士団長が大規模演習中に行方不明になったことで、訓練は途中で中止となった。

しばしの間眠ってしまい前後の記憶がない副団長については、第三者に毒を盛られ、計画的に団長が攫《さら》われたという説のほか、兄は熊に襲われ後頭部に衝撃を受け、団長は捕食されたのではなど

と、様々な憶測が飛び交っている。団員達は、騎士団長喪失の混乱に揺れながらも、同行した公爵令嬢の心を憂《うれ》いだ。哀れだと同情し、守るよう動いた。

当の兄は自分の不甲斐なさを悔やんでいたが、「団長は強いし、必ず生きて戻ってくるはずだ」と、捜索にあたっている。

兄は騎士団長を上司として慕《した》っていた。団長がいなくなったことで、自責により心を病んでしまったらどうしようとも思っていたが、その心配はなさそうだ。

どこまでも前向きで、愚か。だからこそ命を狙われていたのか——なんて少し思う。

「今まで、ウェルナーを指導してくださり、誠にありがとうございました」

新しくなった訓練場で、団員達に、私は頭を下げる。

ウェルナーは、副団長から騎士団長代理に昇進したディオンから直々に「団長も谷で危険な目に遭《あ》うんだ。つまり、慣れてないお前は危ない。訓練に参加させたのは俺の間違いだった。しばらく屋敷で自己鍛錬に励め！」と、命を受け——つまるところ退団の運びとなった。

「こちらこそ、ありがとうございます。ファタール嬢……これまで、支えていただき、こうして訓練場の整備まで」

「整備はリタ夫人のおかげですよ」

私は微笑む。やがて、団員たちは顔を見合わせ、お互い頷《うなず》いたあと、こちらに振り向いた。

「実は俺たち、ファタール嬢が俺らなんかとは住む世界が違うって、俺らを見下すようになったんじゃないかって、疑ってしまっていて……」

「……疑い」

彼らがすんなりティラの嘘を信じていたのは、交流が減っていたことで、疑いの余地が出来ていた……ということか。

「ファタール嬢、私達は、王家に仕える騎士です。王の名のもとに動き、民を守ります」

「はい。心得ております」

「そして、その民に、貴女も含まれております。私達は、エディンピア騎士団の名において絶対に貴女を守ります。王妃でなくてもです。それは、どうかその心に留めておいて頂きますよう、お願い申し上げます」

団員たちは一斉に跪《ひざまず》く兄は「お前ら……」と感動していた。

私も喜びを覚えた。これで私の団長殺しも、よりいっそう疑われにくくなる。

そしてみな、これまで以上に、兄に尽くしてくれる。


その日の夜、私は寝室で、就寝前の紅茶を淹《い》れるウェルナーに声をかけた。

彼は黒のスラックスに白い中着を着ている。レーウェン家に居た頃と違うのは、スラックスの膝上にベルトをつけ、中着の上からはハーネスをつけていることだ。一応護衛ということで武器を持たせている。

「ご褒美どうするの」

ウェルナーはまだ私に「ご褒美」を求めてこない。いらないならそれで構わないが、報酬を支払わないのも気持ちが悪い。

「良いのですか？　俺が殺してないのに」

ウェルナーは、団長を殺すことを度々志願してきていた。

しかし相手は騎士団長、今年から剣術を本格的に学び始めたウェルナーが敵《かな》うか微妙なところだ。

ウェルナーはディオンからも認められる腕を持っていて、ディオンの危機を察知して、助けてくれたけど……そう思い返して、私はふいに嫌な予感がよぎった。

植木鉢が落ちてきたときウェルナーは痛がっていたけど、妙に冷静だった。

「ねぇ、貴方が兄をかばったとき、もしかして、わざと当たりに行ったの？　本当は兄をかばいながらも自分が避けることが出来たのに、わざと……」

「どうして？」

問いかけると、ウェルナーが聞き返してきた。同時に、部屋に流れ込んだ風が部屋の灯りを消してしまう。装飾品としての小さな硝子《がらす》のランプだけがかろうじて消えなかった。月明かりが妖《あや》しく部屋を照らす中、私は言葉を続ける。

「貴方が怪我をすれば、それも大きな怪我をすれば、大規模演習への不参加が命じられる。私は団長を殺すのを延期する……その間に、貴方は団長を殺せる」

大規模演習の日に団長を殺したかった私と違って、ウェルナーは、時期なんてどうでもよさそうだった。

しばしの沈黙を経て、ウェルナーは頷《うなず》いた。

「そうですね。避けられましたよ。貴女を万物《ばんぶつ》から守るためには、あれくらい避けられなければ」

「万が一打ちどころが悪かったら……！」

「ありません。俺は何が会っても貴女を守ります。絶対に。貴女より先には死ねない」

ウェルナーは私をまっすぐと見つめた。

「それに、大規模演習が開かれるまでの間に、団長がまた貴女の兄を狙うかもしれない。だから少しくらい騒ぎを起こしてしまおうとも思ったんです。大規模演習中止になったり、俺が参加できなくなって姫様との計画が中止になっても……後で殺せばいいだけです」

殺すのは私の役目だ。誰かを殺すと決めた以上、他人に手を汚させるのではなく、自分で責任を持つべきだ。

「そんな命令してない」

「承知しております」

「……でも、お兄様のこと助けてくれて、ありがとう。貴方はよくやってくれたわ」

熊は木だって登ってしまう。兄を木の上に置いたことは褒められない。でも、彼は助けてくれた。

しばらく、妙な沈黙が続いた。ウェルナーは私をじっと見ている。「で、褒美はどうする？」と促《うなが》すと、ウェルナーはしばし考え込ん果てに、。「なら……」と椅子に座る私へすっと近づいてきた。

そして、私にかしづく。心なしか表情が固い。

いったい何をお願いする気だろう。

前は遺体でも用意させられたらどうしようかとも思ったけれど、この様子だと、土地、金、もしくはなにかしらの地位を約束して欲しい――とか？

「お身体に――おみ足に触れてもよろしいでしょうか」

「……は？」

真面目に問われ、意味は理解できても、何も把握できなかった。

一体この男は何を所望している？

いや私の足か。

足？

「切り落とせということ？」

「とんでもない！　ただ、触れるだけでよいのです。触れさせていただけるだけで、幸せです」

切実に懇願され、気味の悪さを覚えた。

だが、ご褒美を承諾してしまった以上、仕方がない。

兄の命も救われたことだし、覚悟を決めるしか無いだろう。

「勝手にすれば」

私はそっぽを向いた。

やがてウェルナーは、「それでは失礼いたします」とかしこまり、私の足首に触れた。もう片方の手を履き口に沿わせ、時間を要しながら靴を脱がしていく。あまりにもゆっくりで、自分で脱いでしまおうかとも思ったが、すすんで足に触らせるみたいだと考え直している間に、彼の無骨な指が靴下越しに肌をなぞる。硝子《がらす》の小さなランプと月明かりだけが照らす部屋に、靴下留めを外す音がぱちんと響く。

「本当に、触れても良いのですか」

ウェルナーが訊《き》いてくる。月明かりに照らされた彼の表情は、真剣そのものだった。

しかし、願いが願いだ。けれど人殺しの手伝いの褒美だ。嫌だとは言えない。どうぞとも言いたくない。

「……何度も言わせないで」

「かしこまりました」

ウェルナーが私の靴下をゆっくりと脱がしていく。べったりと蜜を舐めるように、ゆっくりと。

彼はいたって真面目で、でも時折動きを止め、こちらを慈《いつく》しむように微笑んで見せる。ランプに照らされながらはっきりと弧を描く唇が艶めかしく、視線を下に落とす。春の終わり、まだ夜は寒い。靴下が取り去られ冷えたつま先を、彼の指先が受け止めるようにして包み込んだ。あたたかいな、とは思う。口には出さないけど。

「ああ……素敵です」

ウェルナーはうっとりと目を細め……信者が女神の像に触れるみたいに神聖そうな手付きをしたかと思えば――そのまま頬ずりを始めた。

「ああ、温かい。温かいです姫様……ぬくもりが……皮膚の下で血が脈々と通っていくのを感じます……生きているんですね……あぁ……あぁあっ……」

生暖かい吐息が絶え間なくかかっている。ウェルナーは恍惚《こうこつ》としながらも、片腕で私のふくらはぎをなぞり、もう片方の手は私の足を、指の付け根のしわの一つたりとも逃すまいとなぞっていた。

なんなんだこの時間は。

ご褒美がこれということは、私は彼に何かを手伝ってもらうたび、こういう気味の悪い儀式を行わなければいけないのか。

「ああ、俺の、俺だけの姫さま……好き、好きです。ずっと……」

ウェルナーはすん、すん、と鼻を鳴らす。

見ず知らずの私を、正気を失い襲いかかって殺した、人殺し。

そうならないぎりぎりのところで、捕まえたはずだった。

でも、もう取り返しのつかないところまで、歪みきっているのだろうか。この男は。

というかこの男は、姉と母親に男娼《だんしょう》のように扱われたことで、女に忌避感《きひかん》をいだき私を襲って殺したはずなのだ。

それを私が助け、恩人のように思わせた。

かといって、どうしてまた男娼《だんしょう》……いやそれ以下のような扱いを、この男は望んでしようとするのか。

常軌を逸《いっ》している。もしかしたら心の傷を癒そうとしているのか？　判断がつかない以上、様子見をする必要がある。となると、この狂気の儀式を許容しなければならないわけで。

なんとも手のかかる男を、奈落の道連れにしてしまったかもしれない。

恍惚《こうこつ》としながら侍《はべ》る男を見て、私はただただ、されるがままだった。

第三章　愛しきあなたへ

兄が行方不明になった後、騎士団長のトラビスは懸命に兄を探していた。

その姿に心を打たれた民は、騎士団長を慕《した》い、その影響力は確固たるものとなっていた……兄を殺しておきながら。

しかし、今度は私の兄が――いや、愚かしいほど純朴な男が、心から先輩の無事を祈る側だった。その健気な姿に、騎士団の団員は一気に心掴まれた。

結束力は高まり、若き騎士団長代理が前任の死により上に立っているとは思えぬ程だ。最良の形で、春を終えた。

そして、湿り気を帯びた風が熱を運び、夏の予兆を感じる日々がやってきたが――、

「ちょっといい？」

私は執務机で書類をさばきながら、同じ部屋にいるウェルナーへ声をかける。

「はいっ！」

クローゼットを開き、せっせと今夜のドレスを選んでいたウェルナーは、さっと私のそばにかしづいてきた。

今日はパーティーに参加する。夏の訪《おとず》れを祝う――四季に開催されるパーティーのうちのひとつ

だ。ウェルナーは先立って伽羅《きゃら》色の正装に身を包み、見目だけならば公爵や一国の王子と遜色《そんしょく》ないはずなのに……犬という言葉が、頭をよぎる。

犬は可愛いけれど、この男を可愛いと思ったら、情緒の終わりだ。

「何をいたしましょうか？」

「あなたの家から手紙が来ているわよ」

私は他の手紙に混ざっていた、分厚い封筒をウェルナーに見せた。

あれから、ウェルナーの母と姉から、心を入れ替えたからウェルナーを返してほしいと手紙……いや、嘆願が届くようになった。

ウェルナーに帰ってもらう気はないが、暴力を振るわれ支配された人間は、そこから抜け出しても、また戻りたくなると言う。不安の芽は摘んでおきたい。芽どころか、種の段階から。

よってウェルナーはどう考えるか、調べなければと思ったが――、

「そんな汚らわしいもの、捨ててください！　俺はもうあんな家に戻りたくありません！」

彼は、ばっと身を翻《ひるがえ》し壁沿いに立った。あまりにはっきりとして間抜けな所作に不安は消えたが、自分より年上の男性の行動とは思えず困惑する。

ひとまず私は頷《うなず》き、そのまま封を開けることなく、手紙をびりびりに破り捨てた。

「……これで満足？」

「ありがとうございます姫様……」

ウェルナーはうっとりと微笑み、「今消毒しますね」と、私の手をとり、自分の顔を近づけた。

「え」

そのまま、ウェルナーの薄い唇から、真っ赤な舌がのぞく。

唖然としている間に、指がぬるりとした感覚に包まれた。

舐められて、いや、食べられている。

「な、なにしてるの……」

「穢《けが》れを取り除かないといけないので」

優雅さすら感じさせるほど、美しく微笑みながらの行為に絶句した。

この男は私を殺す時、「俺を穢《けが》すな」と言っていたが、今の彼は主人が穢《けが》れたためにこの行為をしているのか。忠誠心を持って。

「はぁ……姫様……骨と肉と皮を感じます……んっ……ありがとうございます……はぁぁ……」

いや、これは、ただただ己の欲求を満たしている。

段々険しい気持ちになっていると、ばたばたと足音が響いてきた。

絶対にエルビナだ。私はすぐにウェルナーから離れる。

「ねぇ聞いてよ姉さん！　明日のパーティーに着るドレス、兄さんが茄子みたいな色って言ってくるの！　ライラックって言ってるのに！　ライ！　ラックって！」

「痛い痛い痛い！　お前腕引っこ抜こうとするなよ！　お前がこのドレスどう？　って聞いてきたから答えたんだろ！　それに茄子じゃなくて、茄子の煮汁を薄めたような色だって！」

二人が部屋に入りながらも争っている。つい、嬉しくなってしまった。

もうすぐ、四季ごとに開かれる王家主催のパーティーの、夏のパーティーだ。春が帰還式と同化したことで、今年初とも言える。

前はディオンが行方不明になっていて、残された私たちはパーティーなんかに出る気分ではなかった。なのに、エルビナは公爵令嬢という立場が、私は側妃という立場から、出席を余儀なくされた。でも、今、皆は生きている。

「なんで笑ってるの……」

ディオンとエルビナがこちらを見て目を丸くした。

「なんでお前、手、濡れてるんだよ」

ディオンが怪訝《けげん》な顔をする。

これではウェルナーに舐められて笑ってるみたいだ。ウェルナーが変な顔で見てくる。私は「それより」と話題を変えた。

「ドレスも大切だけど、装飾品は決まった？」

「あ！」

エルビナがハッとした顔をした。

「何も選んでない！」

そう言って頭を抱え、ディオンの襟首をつかみ、ひきずりながら部屋を出ていく。

「お前、前に買った黄色のはつけないのか？」

「嫌よ、ティラの色じゃない！　あの女は姉さんの婚約者を誑《たぶら》かしたのよ？　そんな女の色を身に着けろって言うの？」

「何言ってるんだよ？　黄色は誰の色でもないだろ」

「そうだけど！　あの女がこの前のパーティーで着てたから！　あの女の色みたくなってるの！」

ふたりの声が、段々と小さくなっていく。

最近、パーティーで黄色が避けられている。

王子によるティラを妃にするという宣言を聞いたリタ夫人の動きのほか、婚約破棄を叩きつけられた私の兄であるディオンが騎士団長として人気を得ていることが影響してか、人々はルカ、ティラに対してよそよそしい。

さらに帰還式でティラが着ていたひまわり色のドレスを着ることまで、ティラを応援していることにとらえかねない――と忌避する動きが見られていた。

「そろそろリタ夫人のところへ行きましょうか。商人の進捗も聞きたいところだし」

私はウェルナーに振り向く。

ティラがいまだ民衆の心をとらえていないうちに、私は計画を進めなければ。


「本日はお招きいただき、誠にありがとうございます。リタ公爵、リタ夫人」

リタ公爵家の屋敷の中庭で、夫人へ挨拶をする。今日は公爵家主催のガーデンパーティーだ。リタ公爵家のガーデンパーティーは、いつも夫人のみの参加だったが、九死に一生を得た経験がそうさせるのか、公爵は夫人の隣に寄り添うように佇《たたず》んでいた。

「随分と久しいね。ファタール夫人が若返ってしまったのかと思ったよ」

公爵は穏やかに微笑む。軽いやり取りをしながら、私は周囲に視線を向けた。来賓《らいひん》には、ひまわり色のドレスを纏《まと》うものはいない。

「それで……こちらが、ご夫人方を騒がせている護衛騎士かな？」

公爵がウェルナーに視線を向けた。ウェルナーは頭、指先、つま先と、どの部分も一つの緩み無く美しい所作で礼をする。

「お初にお目にかかります。ファタール公爵家でロエル・ファタール様の護衛騎士を務めております、ウェルナーと申します。以後、お見知りおきを」

「惚《ほ》れ惚れするほど美しいな。私の若い頃には劣《おと》るが」

おどける公爵に、リタ夫人が怪訝《けげん》な顔をする。

「そうかしら」

「お前が一番知っていることだろう？」

「そうね……ああ、私はこの子とお話があるから、貴方はあちらの来賓《らいひん》の相手をしていてくれる？」

「ここですればいいじゃないか」

「裏切られた者同士でしか話せない話があるの」

夫人が切り捨てるように言う。公爵は「はいはい」と、肩をすくめこちらから離れていった。

「変なところを見せてしまったわね」

周囲から人が離れたところで、夫人は私に振り返った。

「いえ……それより、取引についてはいかがですか」

夫婦関係に対して、あれこれ詮索《せんさく》するつもりはない。どうでもいいし、向こうも聞かれることを望んではいないだろう。私は早速本題を切り出した。

「順調よ。貴女が安くなると言ったものは全て安くなるし、高くなると言ったものは全て高く売れる。未来を見ることが出来る目を持っているみたいと、商人は言っていたわ。貴女のおかげで、事業も拡大するそうよ」

「それはなによりです」

私は、前の人生で、牢に入れられる前の天候、貿易の損失、利益に至るまで——すべて記憶している。側妃として、中途半端に王族に縛りつけられていたからだ。

どの宝石が突然値を上げるかも、他国が何を欲するかもすべて分かる。

商人には、私が売った「あるもの」のあまりを元手に、私の指示通りの売買を行ってもらっていた。売却額から三割商人に払い、残りの七割は、買い付けと家族を保護する費用に回す。紹介してもらったリタ夫人にも報酬を支払おうとしているが、なかなか夫人は受け取らない。

「夏を過ぎたら、また大きな取引をしていただくことになると思うので、よろしくお伝えください」

「わかったわ」

「では、これで」

商人との商売が順調そうで良かった。私は安堵《あんど》しながら、リタ夫人から離れる。いつまでも一緒にいるわけにもいかない。あちらには、公爵夫人としての務めがある。

「ファタール嬢、ごきげんよう」

そうして、リタ夫人と離れたところで、涼やかな声がかかった。レヴン宰相だ。怜悧《れいり》な面立ちだが、この男は、人間を奴隷としか考えてない色狂いだ。

「お久しぶりです。宰相閣下、団長の任命式……以来でしょうか？」

前の騎士団長が行方不明になり、私の兄であるディオンが騎士団長代理としてその席についた後、王の名のもとに正式な任命式が行われた。

団長の死体は、未だ発見されていない。しかし、宰相が「渓谷《けいこく》での行方不明なら、生存は絶望的」と進言したのだ。

「兄がご迷惑をおかけしておりませんか？」

「はい。ディオンくんは新しい騎士団長として、立派に務めていらっしゃいますよ」

「そうなのですね……安心しました。兄は幼いところがございますから、宰相のお手を煩《わずら》わせていないかと、心配で……」

以前、団長にも同じような話をしたなと思う。

「お手を煩《わずら》わせるなんて、そんなことありませんよ。実直で、素晴らしい方《かた》だと思います」

そして、宰相も団長と同じように嘘をついた。

宰相は隣国に奇襲をしかけようと考えている。騎士団長が馬鹿なトラビスならば、口車にのせて必要のない戦争を焚《た》きつけることは可能であり、トラビスも戦力になるが、ディオンは侵略のための戦《いくさ》を望まない。反対するし、侵略戦争なら自分は参加しないとすら言うだろう。

現在ディオンを中心に結束が高まっている騎士団は、騎士団長であるディオンに同調するだろう。

さらに、トラビスの居ない今、ディオンは絶対に必要な戦力で、排除は出来ないはずだ。

手がかかって仕方がないはずなのに。

「聡明な宰相閣下に褒めていただくなんて、光栄です。ありがとうございます……それでは、私はこれで」

私はそう笑って、宰相の元を去った。


「次はあの男を殺すのですよね」

茶会を終え自室に戻ると、この瞬間を待っていたかのようにウェルナーが訊《たず》ねてきた。

「もしよろしければ、許可をいただけますか？　あの男を殺す許可を」

本当にこの男は、「もしよろしければ」なんて思っているのだろうか。「早く許可を出せ」と、命令されていると感じるくらいの圧がある。

「従者のくせに生意気」

「生意気ではございません。主人の手を煩《わずら》わせないことが、従僕の務めです」

「今まさに自分が手を煩《わずら》わせているという自覚はある？」

そう言うと、ウェルナーは視線をそらした。どうやら自覚はあるらしい。

「宰相を殺す前に見つけたいものがあるの。殺してしまえば、多分、見つからない」

「それは一体」

ウェルナーが問う。

地獄の中、蹂躙《じゅうりん》される私を眺めていた宰相は、「前はうちの娼館で高く売れそうでしたけどね」と言い放った。

「宰相が経営している娼館。そしてその娼館と、宰相の経営の繋がりの証拠」

妹の死の原因――それは、宰相が裏で、奴隷を買ったり、人を攫《さら》って娼館を作っていたことを、知ったから。妹は兄を探し回っていた。その果てに――宰相の経営する娼館を見つけてしまった。

『このことを密告する。娼館で働かされている人を今すぐ解放して』

娼館で暴力を振るわれながらも奉仕させられ、絶えず命を脅かされ続ける娼婦たちの存在を知った妹は、宰相に直訴しに行き捕縛され、商品にされた末に殺されたのだ。

前の人生の宰相の話では、娼館の場所を知ることは出来なかった。

証拠がない中、宰相が娼館を経営していると密告すると、調査はされるかもしれないけれど、きちんと摘発されない可能性がある。

娼館について暴く前に、諸悪の根源たる宰相を殺せば、娼館は彼の共犯者により隠されてしまう恐れもある。

私は前の人生の妹が助けようとした――娼館に囚われた人々を解放したい。

「私は宰相の共犯者になる。私を仲間に引き入れさせて、証拠を手に入れて、絶対に逃げられないようにしてから潰す」

宰相は、エディンピアを大国にすることを夢見て、エバーラストへの奇襲を望む。そのためには戦力が必要だが、頼みのトラビスは今、居ない。団長代理であるディオンに戦力になってもらう必要があるけど、彼はよほどのことがない限り戦争を望まない。

宰相は、きっと私に手を伸ばす。

そして私は、その手を掴んで、引きずり落とす。

◆

宰相レヴンは国のはずれにある秘密の娼館に向かった。

娼館の地下、普通の客は足を踏み入れることが許《ゆる》されないその場所では、絶世の美貌を持つ者、珍しい異国の者が『芸術品』と称して飾られ、鑑賞会、そしてオークションが行われている。

花の国、自然豊かな美しい国、エディンピア。その清廉《せいれん》さを損なわぬよう、古《いにしえ》の王族たちは、いわゆる「自らを売る」「売らせる」行為を厳しく禁じてきた。娼館は、立ち入ることすら処罰の対象だが、それ故に娼婦の価値は上がり、犯罪者の資金源になった。

幼い頃から聡明で狡猾《こうかつ》な面を持ち合わせていたレヴンは、最年少で宰相という仕事に就《つ》いてからも、国のための政策を進める資金調達の手段として、密かに娼館の経営を初めた。他国から見目美しい貧民を攫《さら》い品揃《そろ》えを良くしたり、美しくなくなったものは安く大量に売りつけたりと経営は順調だった。

近年、レヴンは調達した資金を軍事費へと流し、隣国エバーラストを攻め込む計画を建てている。隣国エバーラストは若き青年王が即位したばかり。今でこそ大国とも呼ばれているが、元々はエディンピアと領土の広さも民の数も変わらぬほどだった。エバーラストでは活火山が多く、作物が育ちづらい土地で、エディンピアが作物を輸出してやるという関係性だったのに、長い時間をかけエバーラストは周辺国と合併を繰り返し、大国となった。エディンピアなど、眼中にもないと言いたげに。

しかし、合併を繰り返し大国となった国だからこそ、多様な国の人種が集まっている。そのことで、統率は取りづらいとレヴンは踏んでいた。戦《いくさ》は好まず、武器よりも国の整備に金を使う国柄や、若き青年王が即位していることから、奇襲を仕掛ければ勝機がある。

エバーラストは、火山が多い――つまり鉱山を豊富に抱えているのに、それらを武器にせず、持て余している。エバーラストを手に入れれば、その鉱山を活用して、エディンピアをエバーラストを遥かに越える大国に出来るはずなのだ。

レヴンは提供された酒を飲みながら芸術鑑賞を愉《たの》しんでいた。

「それにしてもトラビスが死んでしまうとはな、宮廷内も状況が変わってきたんじゃないか？」

常連の一人が話しかけてくる。

美味しくもなさそうだが、行方不明になった場所からして、熊にでも襲われたか谷底に落ちたのだろうとレヴンは考えている。

「新しい騎士団長はあれだろ、ファタール家の長男！　明るい正直者、いかにもお前が苦手そうなやつじゃないか」

「……別に、明るい正直者が苦手なわけではないですよ。ただ……ディオン・ファタールが扱いづらいだけで」

トラビスの後任は、ファタール公爵家、長男のディオンだ。それまで副騎士団長を務めており、周囲からの信頼も申し分なく、実力も確かと、反対はない就任だった。

しかしながらいわゆる「守るために戦う」「卑怯な戦法は嫌がる」「戦争は無いほうが良い」と、レヴンの計略をことごとく邪魔する思想を持っていた。トラビスの行方も分からぬ今、ディオンという重要な戦力を失えば、奇襲は絶対に起こせない。

どうにか、ディオンを戦《いくさ》に乗り気にしなくてはならないが、その前に宰相としての仕事も山のようにある。

「扱いづらいって、あれか？　婚約破棄された悲劇の令嬢の兄だからか？」

「まぁ、そういう面もありますけど……そもそもルカと村娘のあれこれさえなければよかったんですよ。現状ルカしか継承者がいませんけど、王は村娘の血を入れるのを拒否しています。王妃は今までロエル・ファタールを手駒としか見ていなかったのに、気に入り始めたようですし……下手すれば村娘の暗殺の見積もりをしなきゃいけない。報酬は据《す》え置きなのに、仕事ばっかり増えて」

たとえ、トラビスがいなくなりディオンが騎士団長になったとしても、いずれ王妃になるロエルのためになんとか……と、泣き落としをすることが出来ただろう。馬鹿は感情論に弱いのだから。

しかし、その馬鹿を動かす感情論を用いた戦法が、王子と村娘のせいで使えない。

謁見《えっけん》の間での姿を見るに、ロエルがルカに恋心を持っていないことは明らかだった。

強引にでもルカとロエルを結婚させれば、強引に結婚させたこと自体にディオンは反感を持つ。

このままルカをティラと結婚させた場合、ディオンには自分の家族を裏切った人間が王となる国のために戦ってくださいと頼むことになる。

愚か者と愚か者の最悪な組み合わせにより、計画は八方塞《ふさ》がりだった。

「村娘のいる国はどうなってるんだ？　取り返しに来ないのか？　貴重な力を持つ女だろ？」

嫌な記憶を思い出し、強めの酒を注文しあおっていると、隣の男が首をかしげた。

「いや、どうやらティラの国、そして彼女の住む村で、癒やしの力は一般的なことのようです。癒やしの力なんてなくても、便利な代替えがあるようで。そうした理由から村の中でも重要視されず、親は酒場の女で父親も判断つかず……いくつか悲劇的な物語を付け加えている可能性もありますし、不幸話で渡り歩いてきた気質ですね。あれは」

ルカは、王妃により交友関係を厳しく制限され、ロエルを――一人の女を側に置くことを強制され続けてきた。このまま、親の望むとおりに生きていていいのか。もしくは、全て親の望むまま生きていたくないと思ったのか。

どちらかは分からないが、国を継ぎ結婚することの責任から逃れたい気持ちと、親への反発心が混ざった時に、たまたまティラと出会っただけだと、レヴンは想像する。

あんな浅はかな女を携《たずさ》えて何が楽しいのだろうと、レヴンは思う。

男を称賛するにも、語彙《ごい》が乏しく表現力は一辺倒。変わり映えのしない大げさな演技で喜ぶか不幸話をするかだけ。聞き役にさせても、決して発展しない。引き出しもない。

連れ去って暴力で躾《しつ》けた娼館の女にすら、全てにおいて劣《おと》っている女だ。

手元にあった宝石を捨てて、わざわざ、石ころを掴むなんて。愚かだと思うが、手放してくれてありがたいとも思う。

真面目で、潔癖そうで、王子の婚約者として完璧な令嬢。ロエル・ファタール。

元は、その妹のエルビナ・ファタールを利用できないかと考えていた。エルビナには婚約者がまだ立てられていない。エルビナと結婚すれば関接的にも王の義弟になれる。

そう考えエルビナに注目していたが、ここ最近のロエルの立ち回りは、目を見張るものがあった。

突然の婚約者の裏切りを前に気丈に振る舞う。王妃に村娘と王子の仲を邪魔しろと命じられても、相手を立てながら断る。以降、村娘や王子への感情を知りたい家々が誘う茶会や社交界には姿を現さず、騎士団たちと交流を深めた。騎士団を懐柔している間に騎士団長が自分の兄に代わるとは思っていなかっただろうが……結果的に、今の王宮の中でも良い場所に立っているのはロエルだ。

そんなロエルは、奇襲作戦に必須であるディオンの妹でもある。

ロエルを味方につければ、エバーラストの奇襲、ひいてはエディンピアを大国にすることも、夢ではなくなる。

レヴンは己の野望に搦《から》め捕られながら、希望を見る。

大国となったエディンピアで、王族でもない自らが、国を支配し笑う希望を。

◆

宰相は午後になると城の書庫へ向かい、本を読む。

騎士団長を殺すべく中庭の訓練場に通っていたとき、知ったことだった。

そのため、その日、私は登城し、ウェルナーを待機させると、書庫の奥に向かった。

「宰相閣下、ごきげんよう」

椅子に座り、読書をする背中に声をかける。

宰相と会うには、本来その部下、もしくは秘書たちに声をかけなければいけない。もしくは、騎士団長である兄に、それとなく時間を取ってもらうよう頼むかだ。

でも、それだと完全な密談にはならない。だから私は、宰相が執務の合間に立ち寄る書庫で、奇襲をしかけることにした。

「ロエル様、お一人ですか？」

宰相は辺りを見渡す。今、書庫には私達しかいない。私が何をしても、知られない。宰相を殺してしまっても大丈夫そうだが、それだと娼館の場所が分からないから、殺せない。

私は頷《うなず》きしながら、宰相の隣に立った。読んでいたのは古い歴史の本だ。

「……宰相とは、リタ夫人での茶会以来ですね」

「ええ、そういえばファタール嬢はリタ夫人とご交渉をなさったと耳にしましたが、先日もそのご関係で？」

宰相は、何気なしに問いかけてきた。

団員にリタ夫人に頼むと伝えたのは恩を着せるためもあるが、宰相の耳に届け、私に興味をもたせるためでもあった。

王妃の耳にも私がリタ夫人と繋がったことが知られる可能性もある。そうなれば王妃は私が、「なにかしようとしている」と怪しむかもしれないが、私を利用してリタ夫人を懐柔できないかとも考えるだろう。利点のほうが多い。

「交渉だなんて、兄のために、お願いしただけですよ」

「リタ夫人はお願いをやすやすと聞き入れてくれるほど、お優しい方でもないでしょう？」

「心変わりというのは、誰にでもあるものです」

この国の王子がそれを体現したのだ。返す言葉を失くした宰相は、「……本日はどんな本をお読みに？」と話を変えた。

「今日は、よい夫を探しに」

「よい夫？　読書ではなく？」

「ティラ様を安心させるためにも、私はよい夫を早く見つけなくてはならないのですよ……側妃にでもされたら、たまったものではないですから」

最初は言葉遊びのつもりであっただろう宰相が、ティラの名を口にした途端、顔色を変えた。

「……アグリ王妃は、殿下の選んだ女性ではなく、貴女に国母の資格があると思っている——貴女自身もお分かりのはずでは」

「それはどうでしょう？」

「ご存知かもしれませんが、殿下の選んだ女性は、政治に才覚がない。貴女が望めば、王妃になることもできる。王妃を望まないとしても、側妃という立場も悪くはないと思いますが」

現在王から私への具体的な話はないが、宰相たちの間では出ていてもおかしくない。でも私は嫌だ。家族以外の誰かのために動くことは、全部不愉快。

「どんな名誉も権威も、隣立つ者の品格がなければ台無しではないですか？」

「それは殿下への不敬にあたるのではないですか？」

「そうですね。秘密にしていただかなくてはいけませんね……でもどうしましょう……このドレスをすべて暴いて、貴方に全てを預けたまま人を呼べば、それどころではなくなるかしら」

私は自分のドレスのリボン、そして襟をなぞる。挑発的に見上げれば、彼はごくりと喉《のど》を鳴らした。騎士団長も王妃も、嫉妬で私の家族を奪った。しかし宰相はあくまで「秘密を知られたから」と私の妹を殺した。でも、娼館を営み、女を奴隷のように扱う人間が、女に興味を抱かぬはずがないのだ。

「それが、秘密を守ってもらう態度ですか？」

「ええ。手に入れたいものがあるから」

「手に入れたいもの？」

「優れた……よい夫」

私は宰相の顎《あご》をすくった。

宰相は私を見返す。その瞳は、なにかを乞《こ》うような——被虐的な光が見えた。

「では、またゆっくりお話ししましょう、レヴン宰相」

私は宰相から手を放す。芳《かぐわ》しい香りに包まれた書庫を後にした。


このまま宰相が私を欲し、共犯か何かにしてくれたら、娼館の場所を知ることが出来て、そこに囚われた人たちを助けられる。しかし、それにしても不愉快だ。演技も、宰相に触れることも。

私は今後の計画を立てながら、廊下のすみで、こちらに背を向けて立っているウェルナーに近づいていった。しかし……、

「なんて顔してるの……」

ウェルナーがあまりにも血走った目をしていて、絶句する。こんな表情をしていては、王城内で殺人事件でも起きたとき、真っ先にウェルナー、そして関係者である私が疑われるだろう。

「その顔やめて」

「俺の顔が気に入らないですか。承知いたしました。焼いてきます」

「やめて」

ウェルナーは廊下に並ぶ燭台《しょくだい》に手を伸ばそうとしたので、私は慌てて止めた。

「なぜですか？」

とんでもないことをしようとしたのに、自覚がない様子でウェルナーは問いかけてくる。

「顔の作りのことじゃない。表情の話。書庫の側で人でも殺しそうな顔して待たないでって言いた

かったの。何を考えてればあの顔になるの？」

「……待機している間、憤《いきどお》りの気持ちを鎮《しず》めるため、自分は植物だと思うようにして待機しておりましたが……」

自分を植物だと思い込む……？

宰相への殺意を隠そうとしていた。なんてものではなかった。極めて純度の高い殺意が出て――いや、もう、殺した後くらいの顔だった。このままだと、いつかウェルナーの軽率な発言、もしくは表情で復讐の計画が台無しになりそうだ。

私は呆《あき》れ、ため息をついた。王城から出て、屋敷への馬車に乗りこむ。

「変なことばかりしてると、外に出さないから」

私の向かいに座るウェルナーを責めた。軽口のつもりはあった。

「貴女も出ないならば構いませんよ。いつまでも」

なのに、ウェルナーは冗談が微塵《みじん》も交わらない声音で即答してきて、途方に暮れた。


「夏のパーティーのドレスが決まらないわ！」

休日の午後。ファタール家の衣装部屋で、エルビナの絶叫が響く。

宰相を籠絡《ろうらく》するといえど、騎士団通いと違ってやすやす会いにはいかない。

騎士団たちは手を伸ばせば届く存在を欲していたが、同じ戦方は悪手だ。なるべく勿体ぶり、じれたところで狩らなくてはいけない。

「姉さんどうしよう。ひまわり色は嫌だし、夏に黒も微妙でしょう？　白も婚礼衣装みたいだし、赤や青を選んでしまったら、冬に赤や青の手札が切れなくなってしまうわ！」

「手札？」

「そうよ！　衣装選びも贈り物選びもカード遊びと同じ、どんどん持ち札を切っていかなければ……それに今年は黄色が駄目なんて縛りもある！　それに下手に変わった色を選んでパーティーであの女と私だけ同じ色のドレスになってしまったら……おしまいじゃない！」

エルビナは沢山の衣装を前に頭を抱える。

前の人生の夏のパーティーでは、私はティラに呼び出され、バルコニーで彼女と二人きりになった。ティラは「ルカ様は私のもの」と宣言した果てに、突如泣き出した。突然の事態に困惑する私の前に、おそらくティラを追ってきたらしいルカが現れ、彼は私がティラを虐めたのだと決めつけ糾弾《きゅうだん》した。皆ティラの味方をして、私はその日から、「嫉妬に狂いティラを虐める悪女」だと、責められるようになった。

ようするに罠にかけられたわけだ。でも、今回はそうはさせない。

そして私は、ティラがどんなドレスを身につけるか、全て知っている。

「黄色、ピンク、白を避けていれば大丈夫だと思うわ。濃くてはっきりとした色は、選ばない方《かた》だから」

「いっそ同じ色をぶつけてしまえばいかがですか？　下品な女に合わせて装《よそお》いに頭を悩ませるなんてもったいないです。どうせ向こうは浅い知識でとびついた粗悪品。デザイナーだって、品位に欠ける相手のものは、それ相応の最低限の仕事しかしませんよ」

それまでこちらのやり取りを黙って眺めていたウェルナーが無感動な瞳で言う。

「ウェルナー、ティラのドレスは王族お抱えのデザイナーのものなのよ」

「だからなんだというのでしょう？　身にまとう人間の質が悪ければ、どんなに一流の品物であっても無価値です。デザイナーもそれを分かっている。せっかくの時間を無駄にして同情します。それも王命でしょうから、あんな女に時間を使う男の見る目の無さを責めるわけにはいきませんしね」

「いいこと言うじゃない」

エルビナは口角を上げる。しかしながらウェルナーは時折とんでもないことを言う悪癖がある。同様のことを城で言われたらたまったものではない。エルビナもだ。

「エルビナ、ティラ様は次期王妃なのよ。敵意があるなんて思われて、王族に目をつけられたら貴女の身が危険になってしまうのよ」

「姉さんをないがしろにする王族なんて知らない。危険だなんて、やり返す口実が出来て丁度いいくらい」

「エルビナ、私のことで怒らなくていいの」

「怒るわよ。王子はあんな場所で婚約破棄しちゃって、あの女には聖なる力があるとか言われてるけど、よりにもよってあんな女が？　って感じ。姉さんだって帰還式で見たでしょ？　当然のようにこの国の王子の隣に居座って、お姉様が王子の婚約者だったって知っていながらへらへらおどおどしてて、あんな女を次期王妃にする国なんて、ウェルナーの言う通り滅んじゃえばいいんだわ」

「エルビナ！」

私は思わず声を荒らげた。私のことを心配してくれているのはわかる。でも王族への敵意を出すことは危険だ。頭の中にエルビナを殺したと笑う宰相の顔が蘇《よみがえ》る。

「……なによ。姉さん、どうして王族のこと庇うのよ」

エルビナは泣きそうな顔になっていた。

「……庇ってない」

「庇ったわ！　大きな声を出したもの！　普段はそんな声絶対出さないのに！」

そのまま彼女は唇を震わせ、目尻に涙をためると、そのまま走り去っていく。

「エルビナ」

「来ないで！」

撥《は》ね付けるように言われ、私は立ち尽くす。

「……一つ解決策がありますよ」

後ろでウェルナーが囁く。

「なに」

「国を出れば良いのです。ご家族と一緒にこの地が滅ぶのをじっくり眺めて待っていましょう」

「それではお母さん、エルビナ、ディオンに、今と同じような生活をさせられないでしょう」

資金は着々と集まってきている。でも、最終手段だ。私達は公爵家で、母は公爵夫人。母が領民や領地を簡単に手放すとは思えない。だから――私はこの国で生きていかなくてはいけない。

邪悪な者たちを、全員排除して。


宰相に「欲しい」と宣言をし、しばし日が経った頃。私は宰相を書庫で待ち伏せした。

頃合いを見計らいつつ本棚の高い位置にある書物に手を伸ばしていると、ふっと本を取られる。

「奇遇ですね」

私の隣に立った宰相が微笑み、私が取ろうとしていた本に目をやる。

「地理風土の本ですか？　それも、ずいぶん古いもので……」

「ええ。色々、気になることがありまして」

夫についての話は触れない。あれは夢か幻だったのか。そんなふうに思わせておく。

今日示したいのは誘惑ではなく、政治的な有用性だからだ。

「はい。隣国エバーラストは、今でこそ大国と呼ばれていますが、はるか昔は今のエディンピアと同程度の大きさだったと資料で読んで、気になったものですから」

「なるほど」

エバーラスト王家は、噴火に悩まされ弱りゆく数多《あまた》の小さな周辺国に手を差し伸べ、火山灰が降り積もっても育てられる作物を伝え、手を取り合うことで大きく変わっていった。

エディンピアには火山がない。そのため、エバーラストの手を借りる必要がなかった。故にエバーラストに属することもない、というのが一般認識だ。

「守るために友愛の名の元に、他国を吸収することで大きくなったエバーラスト。エディンピアにも声がかかったことがあると、文献にはありましたが……宰相はいかがお思いですか？　エディンピアがなぜ、エバーラストの手を取らなかったか」

「……必要がなかったから、ではないですか、火山がないですし」

宰相は答える。当たり障りのない返答だ。けれど、彼が全く思っていない答え。

「私は、実った果実を刈り取るように、エバーラストが熟すときを、我々の国エディンピアが待っていたからだと考えます」

だから私は代わりに答えた。宰相の真意を。

前の人生で宰相は、かつて同じような大きさだったエバーラストに対し、エディンピアがへつらうような立場をとっていることが不満だと話していた。「この国の人間は収穫というものを知らない馬鹿ばかりだ」と言いながら、私を蹂躙《じゅうりん》した。つまり、理解者や共犯者がほしいということだ。

「だから、残念です。まさか火山がないから、なんてお返事をされるとは」

「……っ」

宰相はさっと顔色を変えた。本当は違う。否定したそうにしているが、相手の答えを聞いて返事をすぐに変えることが悪手だとも分かっている。何も言えなくてつらそうだ。せっかくの理解者が見つかったのに。私が見せてる、幻覚の理解者が。

「……あの、信じていただけないかもしれませんが」

「はい？」

「私も、ファタール嬢と同じ気持ちです」

「よき妻が欲しいと？」

あえてはぐらかす。言いたいことをすぐには言わせない。そのほうが、頭がいっぱいになる。

「違うのです……！　隣国との関係についてです。私は常々、エディンピアの可能性を信じておりました。しかし、なかなか理解が得られず、くすぶるような日々をすごしておりまして」

「本当に？」

私は冷ややかに眺めた。

「リタ夫人と同じで、私も嘘や裏切りが嫌いなのです。そのせいで、王妃教育も無駄になって、したいことも出来なくなってしまったので」

「したいこと……？　もしや……！」

自分と同じ夢を見ていた人間が、こんなにも近くにいたなんて。

そして同じように、王子の婚約解消により夢を絶たれていた。

まるで神様から運命を直々に授けられたような表情で、宰相は私を見ている。

「宰相に偽りがないのなら、婚約破棄も悪いことではない……ということでしょうか……」

「ファタール嬢……」

「ふたりきりで明るいお話をするときは、ロエルで構いません。ファタール嬢は我が家に二人おりますから」

もう少し話がしたい――そんなところで切るのが一番だ。私は宰相からさっと離れる。

完全にかかった。案外あっけないものだったな、なんて思いながら私は書庫を出る。

「明日を宰相の命日にしませんか」

屋敷に帰ってきて早々にウェルナーが言った。私以外には聞こえない声だったが、毎回毎回のことあから、本当に呆《あき》れる。計画は順調に進んでいるけれど、ウェルナーを見ていると不安になるときが多々ある。ただでさえ、ウェルナーは前に、自分が鉢植えに当たることで団長殺しの計画を変えようとしたことがある。

「俺に全てを任せて、ご家族と過ごすのはいかがでしょう」

「他人に手を汚させて自分は知らないところで笑ってるなんて、そんな手ぬるい気持ちで果たせる計画ではないから」

私は、出来る限り自分の手で行う。リタ夫人や商人、そしてウェルナーに助力を求めているけれど、殺すのは私。計画するのも私だ。全部他人任せになんてできない。

他人任せにすることは、どんな結果でも構わないと、未来を放棄するのと同じだ。

「あれから妹君《ぎみ》とはお話をされていないようですが」

「時間がない」

宰相との時間、資金管理、そして王妃を殺すための準備……しなければいけないことはたくさんある。本当は宰相を誑《たぶら》かしてる暇があるくらいなら、家族で過ごしたい。でも、邪魔者を全て排除するほうが先だ。せっかく、こうしてやり直しの機会が得られたのだ。自分の思うまま家族と過ごし、排除の手をおろそかにしてしまうことで、家族を殺されるわけにはいかない。

すべて終えてから、家族とゆっくり過ごしたい。

「姫様は家族がいちばん大切なのですよね？」

ウェルナーが改めるように問いかけてくる。

「そうよ」

「ご家族も、貴女を大切になさっているとは、思われないのですか」

「愚問ね」

前の人生で家族に対し距離を置いていた私の事ですら、母も、ディオンも、エルビナも大切にしてくれていた。その気持ちが、今なら痛いほどわかる。前の人生の私はそれに気づけない愚か者だった。

だからこそ、私は何をしてでも全てを支配する。


ほどなくして、私は宰相の『お手伝い』として登城するようになった。

貴族たちの間では、王族がファタール公爵家を囲い込もうとしており、私の起用はその一環だとされている。王妃はといえば、レヴン宰相がファタール公爵家の王宮への信頼回復のため、せっせと動いているという認識だ。でも、

「ティラ様のお部屋の内装費が、あまりに高いように思います。これでは民への不満を煽ることになってしまうのでは」

「ご安心ください。本当に使用されているのはごく一部です。他はエバーラスト進軍の準備へ流しておりますから」

「さようですか」

レヴン宰相と、ふたりきりの執務室で向かい合って座る。

二人で予算案を眺めた後、さりげなく私は宰相のふくらはぎを自分の足で撫でた。

「随分と可愛いいたずらをなさるのですね」

「いたずらに効果的なのは、愛玩ではなく躾《しつけ》では？」

引き締まった身体つきに、寒気がする。男の身体は嫌いだ。騎士団で菓子配りをして慣れたつもりだが、不愉快極まりない。

「それは失礼いたしました。では、悪いことが出来ないよう、謹《つつし》んで教育を――」

宰相の目が私を射抜き、口づけをしようとしてくる。私はすぐに躱《かわ》した。

「私のことが死ぬほど欲しくてなってくれなければ、致しません」

「なら、してくださっても良いではないですか？」

「まだ余裕があるでしょう？」

私は宰相の唇をなぞり、その手を離す。

「私は、この国で、最も優れた貴方が私に乞い願う姿が見たいの。それが見れたら死んでもいい」

「……恐ろしい告白ですね」

「ええ。私も恐ろしいです。自分にこんな衝動があるなんて、知らなかった」

気持ちが悪い。後で手を洗おうと決めながら微笑んだ。

宰相との逢瀬《おうせ》のあと、ウェルナーを連れた私は城の回廊を進み水場に向かうことにした。

窓から、中庭が見える。真っ赤な花が咲いていた。絵筆のような花びらで、密やかなる恋を綴《つづ》る花と、告白に用いられることも多い。

前の人生の私は、この時期、目的は違えど今と同じように城に通っていた。なんとかルカの心を取り戻そうと、誤解を解こうと必死だった。けれどルカは、私がティラを苛《さいな》んでいると決めつけ、まともに取り合わなかった。どんなに頑張って真実を訴えても、上からべったりと嘘の色を塗られてしまうみたいな日々だったと思う。

「おい」

早く手を洗いたい。できれば足も。回廊を突き進んでいると声がかかった。

ルカだ。ティラを探すが姿は見えない。護衛もいない。

「宰相とふたりきり、執務室でか。護衛を部屋の外に待たせて」

ルカは私の隣を歩いていたウェルナーを見やった。ウェルナーは相変わらず微塵《みじん》も感情を出さず、風景をみるようにルカを眺めている。ただ、私の前にさりげなく出た。敵意はある。

「政務の手伝いをさせていただいております」

「その前は騎士団に通っていると聞いた。ティラが、お前が公爵令嬢であるにも関わらず、ふしだらな道に進んでいるのではないかと心配している」

「ふしだら？」

ティラがそれを言うのか。なるほどと思う。心配するふりをして、相手を陥《おとしい》れる。自分は王妃に監視され思うように動けないから、ルカを動かそうとした……ということか。

「私の兄は、騎士団長です。たとえば私に婚約者がいて、血縁者に騎士団出身者もいないのであれば、褒められたことではないでしょう。そして、宰相閣下に関してですが、王宮に仕え、殿下の留学中にその不在を支えた忠臣であるレヴン宰相閣下に、謂われない疑いをかけていることを、理解しておいでですか」

「……」

「ティラ様がそう誤解されるのは、分かります。あの方は私のことも、レヴン宰相のこの国に対する想いも知らない。けれど、そのティラ様にご説明なさるのが、夫として、次期王としての、殿下の役割ではないのですか」

「それは……」

「……殿下は私が不要な存在だから、帰還式で婚約を破棄なさりました。あのようなことがあれば、私の立場でその後良縁を紡《つむ》ぐことは絶望的です。しかしながら、ティラ様は殿下に元々婚約者がいたからという事実だけで、心が乱されてしまうのですね。こんなにも殿下はティラ様への愛を照明なさっているのに」

淡々と言うとルカは傷ついた顔をした。

どうしてそんな顔をされなければいけないのか。憤《いきどお》りが滲《にじ》む。彼は気まずそうに首を横に振った。

「私が騎士団に通っていたのは、兄を支えるためです。王妃教育により、家族の時間を過ごすことが、殆《ほとん》どなかったので。そして、家族と過ごしたあと、修道院に入るつもりでした。でも、団長の事件があって、兄は騎士団長になりました。家の中が混乱しているのです。どうしたものかとさまよう中で、宰相閣下は私の身を案じ、手を差し伸べてくださっただけです。でも、ティラ様の御《お》心《こころ》を考えるに、すぐにでも修道院に入ったほうが良かったのでしょう……」

私が言うと、ルカは「いや」と否定の言葉を口にしようとした。

どうして被害者面をされなくてはいけないのか。「もういいです」そう短く伝え、踵《きびす》を返そうとしたその時――、

「ロエル！」

ルカが私の腕を掴んだ。その瞬間、ぞわりと背筋が凍りついたように悪寒が走る。あまりのことで反射的に手を振り払いそうになるが、ぎりぎりのところでウェルナーがルカを押さえた。

「乱暴はおやめください」

ウェルナーが強い口調で諫め、私を背に庇う。ルカは私の拒絶がはっきり分かったらしく、愕然《がくぜん》としていた。「乱暴なんて」と弱々しく言うが、その後の言葉を紡《つむ》ぐ前に、ウェルナーが「失礼いたします」と、私を支えながらその場を去る。

気持ち悪い。

ルカに触れられたところも。

宰相に触れられたところも、なにもかも全部。

王城から帰ってすぐ、私は浴場に向かった。

身体を洗い流し、沈むように湯に浸かる。ため息を吐いて、天井を眺めた。

こちらが興味を失った途端、態度を変えてきたルカが不愉快だ。どうして失う前に気づかないのだろう。そう思うけれど、私自身家族を失ってからその大切さに気が付いた。同程度の愚かさということだろう。

実にくだらない。男はぜんぶ嫌いだ。

騎士団も、宰相も、ルカも、ぜんぶ、ぜんぶ。気持ち悪い。不愉快だ。

でも、そんな人間に媚を売る私は。

「ロエル様！」

ウェルナーが叫ぶ声が浴場に響く。気づけば私は彼に姫抱きにされていた。

まさか、こんなところにまで入ってくるなんて。

それに今、私は裸だ。「何?」と問えば、「水音がしなかったので、溺れているかと思って……」と彼は焦り顔で私を見る。

その表情があまりにも真剣で怒るに怒れない。湯浴み中の音に聞き耳を立てているなんて正気ではない。それに、彼は私に触れて興奮する。つまり私の身体が好きなはずなのに、今の彼は裸の私を抱えてもなお、私が溺れ死ぬ恐怖に怯えるばかりのようだった。

「私、湯浴みで溺れるほど子供じゃない」

私はウェルナーの肩を叩き、下ろすよう命じる。

彼はすんなり下ろしながらも、不安そうな目を向けてきた。

「存じ上げております。でも、万が一が」

あまりに苦しげな震え声に、こちらまで胸のあたりが締め付けられる。

私はしばし思案して、彼を抱き寄せた。

「……ほら、生きてるから」

昔は怖い夢を見て泣きじゃくるエルビナを、こうして抱きしめ、背中を撫でていた。

自分より六歳も年上の狂人にそれをするなんてと思う。

でも、逞《たくま》しい身体に抱く嫌悪感は、微塵《みじん》もない。ウェルナーは気持ち悪くない。そういえば、城で支えられてきたときも。

まるで、もとからこうだったと思うくらい、ウェルナーを抱きしめているのはしっくり来た。

それからというもの、ウェルナーは扉の外ではなく湯浴みの場に仕切りを設置した上で、待機するようになった。

向かいに人殺しがいる中、ゆっくり湯に浸かる状況は度《ど》し難《がた》いが、私も騎士団長を殺したし、今現在ウェルナーは誰も殺してないのだからと、結局私は受け入れた。

家族は当然反対したが、ウェルナーの、「御嬢様が溺れてしまうかもしれないのですよ!」という絶叫に近い訴えに、半《なか》ば屈した形だ。多分だけど、ウェルナーに下心が全く見られないことや、彼の必死さが伝わったのかもしれない。

なんだか、ウェルナーに日常生活を侵食されていっている気がする。

そうして、日々の暮らしがウェルナーに変えられていく一方、宰相との逢引では、ある種の膠《こう》着《ちゃく》状態が続いていた。宰相は私に国の仕事について漏洩するほどまでになったが、娼館について漏らさない。

焦りを感じる中、夏のパーティーを迎えることとなった。


パーティーでは、季節の花が装飾として用いられるが、その飾り方は様々だ。

春の祝いは、優しい春の温もりや、自然の豊かさを生かした意匠として、庭の花をあえて切り取ったりすることはせず、外で催しを行い、土に根ざし咲く、ありのままの花を楽しむ。

そして夏の祝いでは、強い日差しを避けて夜に行われる。夏の花の鮮やかさに負けぬよう来賓《らいひん》達は華やかで強い色を好み、テーブル装飾も春と比べより鮮やかだ。

「……躾《しつけ》がなっていないからと、檻《おり》の中に囚われている犬のようですね」

ウェルナーが小声でほくそ笑む。

時期柄、いつもより若干の露出が増え、どこか解放感のある雰囲気の来賓《らいひん》とは対象的に、王族たちの間では、神妙な雰囲気が漂っている。その中心にいるルカは、パーティー会場でひときわ目立つ、花に飾られた豪華な椅子に座らせられているが、敬われているのではなく、縛り付けられているようだった。

私は裾にいくにつれ青と紫が透ける、デルフィニウムの意匠のドレスを纏《まと》い、ウェルナーのエスコートを受けながら会場を見渡す。

「まるで見世物ね」

「ええ。二人は自分たちを悲劇的な恋人同士とでも思っているのでしょうが」

あの女――ティラは、ルカとはかなり離れた位置で、宰相からもてなしを受けていた。

そばにいる護衛は、おそらく宰相へのものと兼用だろう。

今、ティラの味方は前の人生と比べ、とても少ない。その状況で前の人生と同じ行動をするかは怪しいところだが、彼女がこの状況を打開するには、やはり私を落として、自分の立場を良くするほかない。自分が被害者のふりをして、周囲の同情を誘い、比較させるように仕向けて偽りの加害者を下げる。そうして自分がとても素晴らしいもののように見せる――それしか出来ない女なのだから。

私はしばらくパーティーの参加者たちと談笑した後、そっと人の輪から遠ざかる。

ディオンは騎士団長として、他の団員とともに王族の護衛をしていた。

エルビナは公爵家の令嬢として、他の令嬢たちと歓談中。私は家族を巻き込む可能性がないことを確認してから、ウェルナーを遠ざけ、前の人生でティラに嵌《は》められた場所――バルコニーに向かった。

「あの、ロエル様……」

緊張した声色を出しながら、背後から獲物《ティラ》が近づいてきたのがわかった。

硝子《がらす》で隔《へだ》たれたパーティーの会場では、宰相が消えた女を探している。

私はティラへ振り返った。

「ティラ様」

恭《うやうや》しくかしずく。

ウェルナーほどの忠誠は示せないが。同じようにバルコニーの外に出たティラからは、きっと私の表情は見えてないだろう。

ああ、残念だ。

私は今、神様を見るように、彼女を見ているのに。

「今日はお願いがあってきました」

「なんなりと」

「ロエル様がルカ様にあてたお手紙を、読みました。ルカ様、読むのが面倒っておっしゃるから、いつも私が読んで差し上げたのです。ロエル様は、ルカ様のことを、愛しているのですよね」

ティラが挑発的に私を射抜く。

「でも、皆さんはまだ私を認めてはいないようですが、ルカ様のお心は、もう私のものです。ロエル様を愛していません。なので、どうか皆様にそうお伝えいただけませんか？」

やはりこの女は、私が怒り出すのを、待っている。

私は優しく、何よりも愛おしい家族を思い浮かべて微笑んだ。

「ティラ様は、ルカ様のことを、一人の男性としても、愛しておられるのですね」

「……はい」

違和感を覚えたのだろう。ティラが戸惑う。

私は穏やかに口を開いた。

「王族は民のため自らを犠牲《ぎせい》にします。私は、婚約者としてではなく、国を共に支える同志として、どうか彼の望む相手と結婚をして欲しいと思っておりました。そこまで深い愛情で想っていただけるなんて、ルカ様が羨ましいです」

そしていたずらっぽく言ってから、頭を下げた。

「どうか、この国をよろしくお願い致します。ティラ様」

そうして、ティラに——いや、彼女の背後……硝子《がらす》越しにすべてを聞いていたパーティーの参加者たちに礼をする。

ティラが「お願いがあります」と言った辺りから、バルコニーの入り口には観客がいた。

作戦はこうだ。

私は一人でバルコニーに向かう。

新しく騎士団長となったディオンの妹で、なおかつひまわり色のブローチを身に着けた私に、人は注目する。

ティラが、ルカがついてこないかだけを気にしながら私を追いかけた後で、ウェルナーにわざとらしく私の姿を探させた。注目を集めるために。

「ロエル様……！」

丁度いいところで、ウェルナーが私を呼びかけた。

ルカではない者の声に、ティラが振り返り愕然《がくぜん》とする。

集まった観客たちの中には、当然今日のパーティーに参加しているルカもいた。

「謀《たばか》ったのね……！」

ティラが私を睨《にら》む。

そんな声も聴かれているとすら理解できないままに。きっと前の人生のティラならば、まずルカに泣きついていたであろう。しかし、それすらできない。人は窮地《きゅうち》に陥ると、最適解を見失う。

「ロエル様の厚意になんたる仕打ち」

「普通は頬の一つでもはられてもおかしくないことなのに」

「聖女なんて言うけれど、人の婚約者を横取りしたことに変わりないもの」

ひそひそと、パーティーの参加者たちが声を潜める。

ティラがルカに選ばれたとしても、ルカはまだ王ではない。

王妃も王も健在であり、王妃がティラの後ろ盾になっていない以上、表立って公爵家の令嬢を批判することは悪手だ。

「私は、ただ、家族が幸せであればいいだけ。それ以外、何も望みません」

ルカはいらない——そう捉えてくれても構わない。

なのにティラの表情は、世界で一番醜《みにく》く歪む。「失礼します」と、私はティラを横切り、パーティーに戻る。ルカは混乱しながらも、ティラを追ったようだ。丁度いい。ルカには、愚かな女を追う王子さまでいてもらわなくては。

「素晴らしいですわ。ロエル様」

「私たちはロエル様を応援しております」

「ロエル様がティラ様をご支持なさることには、賛同できかねますが……」

周囲は感心した様子で私を迎える。騎士団たちもだ。団長代理ということで、ディオンは王族から離れられない。故にその代わり、ということもあるらしい。

集まった顔ぶれの中には前の人生で私を、ティラを虐める悪女だと嬉々として誹《そし》っていた令嬢、令息たちもいる。今現在不快感を抱かれていないとは言え、信用もできないし、気持ちが悪かった。

「ロエル様」

やがてウェルナーが駆《か》け寄ってきた。紫色の瞳と視線が重なり、安堵《あんど》を覚え、息苦しさが消えた。

私は彼に伴われながら、自然な形でその場を後にする。

「今日はこのまま帰る」

「承知いたしました」

「……ご褒美はどうする？」

「本日はお疲れのご様子で、大変心苦しいところなのですが……屋敷に戻ったら温室で待っていていただけませんか」

「温室……正気？」

「温室でしか出来ないこともあるのです……」

ウェルナーは言う。この男は、おそらくこの会場の誰よりも倒錯《とうさく》している。

でも、先程私を囲んだ来賓《らいひん》の誰よりも、信用できる。

計画は成功した。

その働きに見合った報酬を、私は渡さなくてはいけない。複雑だけど、ウェルナーが温室で待てと望むなら、温室で待たなくてはいけない。主従が逆転しているのではないか——なんて思うけど。

私は母が花を育てる温室で、じっとウェルナーを待つ。やがて、控えめな音で扉が開いた。

「遅い——エルビナ？」

ウェルナー……じゃない。温室にやってきたのは、エルビナだった。彼女は驚く私に、「ウェルナーに、お願いしたの。お姉様を連れてきてほしいって」と、申し訳無さそうに視線をそらす。

「どうして……」

「私が来てって言っても、来てくれないと思ったから……」

「そんなわけないでしょう？」

「でも、時間がないって言ってたから」

エルビナはふてくされたように言う。この間のウェルナーとの会話を聞かれていたらしい。

「……それは、時間がとれなくて、決してエルビナを傷つけようとしたわけじゃ……」

「別に私は姉さんに、いらないと思われてるとかは思ってないわ、傷つけられているし、姉さんに怒ってもいるけど」

「エルビナ……？」

「私ね、姉さんが私のこと大切で、家族のことを守ろうとしてくれているんだろうなって、想像できるの。子供じゃないし。でもね、いくら大切だって思われてても、守ろうとしてても、姉さんが傷ついたり、忙しい思いして、追い詰められてるのを見ることは、本当に嫌なの」

エルビナは俯いた。

言葉を返そうとすると「苦しむところを見せるなって話はしてないからね」と彼女は続ける。

「私が怒っていること、多分姉さんは分からない。言っても理解してくれるか怪しいし、どうせ忘れられて、曖昧《あいまい》にされると思う。想像がつくし、その想像にも腹が立つ……」

そして、エルビナはこちらをまっすぐ射抜いた。

「私、今日のティラのこと、他人から聞いて知った。姉さんは、私や家族のために、王家と距離を置かないようにしているんだろうけど……私はそれが、すごく嫌。私は家族に笑っていてほしいだけなの。兄さんは、代理だけど団長になったわ。この家を継ぐかどうかわからないけど……器用な人じゃない。私は姉さんと一緒に、領地を守っていくだけで良いと思ってる。この国に過剰に尽くさなくていいはずよ。元々王族には、婚約破棄の件で貸しが出来たはずだし……」

エルビナは必死に訴えてきて、その様子にはっとした。

女性が当主になることは、とてもめずらしいこと。母の代が異例のことだったが、私は次期王妃、長兄であるディオンは騎士副団長としての立場で、エルビナ、もしくはエルビナの婿がファタール家の当主になるのでは、という話は前からあった。ファタール家当主の母の求心力が凄まじく、その娘であるエルビナが継げばいい――それが領民の総意だったからだ。前の人生でも、私の評判が地に落ちるまでは、その声があった。そして今の人生では、団長となったディオンに経営が出来る器用さがないことから、その声は前の人生より大きくなっている。

もしかしてエルビナは、私が王家に追従する意思を見せるのは、エルビナに悪い影響がないようにするための……と、自分のせいのように考えていたのかもしれない。

「私、怒られるかもしれないけど、姉さんが王子の婚約者に選ばれたとき、本当は嫌だった。姉さんが遠くに離れてしまうから。だから、婚約が破棄されて、王子が姉さんを裏切ったことは許せなかったけど……嬉しいって思ってしまったの。その後の影響も、なんにも考えずに」

「エルビナ……」

「私、これから先の将来、王族と仲良くしようと思ってない。たとえ当主を継いでもちゃんと、自分の力で領地を盛り上げる。だから、自分を犠牲《ぎせい》にして王家を庇うようなこと、やめて」

エルビナは、幼い頃の癇癪《かんしゃく》を起こしていたような様子で泣き出した。私は思わず彼女を抱きしめる。

家族のため。今生こそ私は、本当に大切なものを守るために生きていく。

そう思っていたけれど……私はまた、見失いそうになっていた。

「ごめんなさいエルビナ……私が大切なのは、あなたたち家族なのに」

ぎゅっとエルビナを抱きしめ、謝罪する。

手を打たなくてはいけない。家族を大切にしながら――その外で、邪悪を排除するような手を。

決意を秘めながら愛らしい妹の頭を撫でていると、ふいに温室の外で人影が見える。

なんだかとても嬉しそうにしているウェルナーは、しばらくこちらを眺めた後、軽い足取りで去っていった。

温室を出た私とエルビナは、そのまま手を繋いで屋敷に戻った。昔の思い出話をしたり、歌をくちずさんでいると、ふいにエルビナが思い出し笑いを始める。

「どうしたの？」

「ふふ……ねぇ、覚えてる？　小さい頃、手紙の交換したの」

エルビナが文字を覚えようとしていた頃、練習として手紙の交換をしていた。エルビナは字を書くのも絵を書くのも嫌いで、なんとかしなければと私が提案したことだ。

「覚えているわよ。可愛い便箋をお母様に買ってもらったことも、お兄様が自分の便箋と間違えて、好きだった女の子に私のお手紙を送ってしまって……そこに書いてあったのが、お姉様大好き、これからもいっぱい抱っこしてねって」

相手の女の子からすれば奇文以外の何物でもないが、幸い女の子は「ロエルお姉様へ」「エルビナより」という文字をかろうじて解読し、笑い話として済ませてくれた。

しかし女の子の父親が宛名を見落とし、ディオンが送ってきたものだと解釈して大揉めしたのだ。

思い出しながら笑っていると、エルビナが何故か嬉しそうに私を見つめた。「どうしたの？」と問えば、「姉さんの笑顔、久しぶりに見たから」と、彼女は安堵《あんど》したように言う。

ああ、もうこんな大人びた表情をするようになったのかと思うと同時に、ディオン同様エルビナに心配をかけていたことを申し訳なく思った。

「ごめん。心配かけて」

「姉さんは悪くないわよ。まさか王子がよそで他の女引っ掛けてくるなんて思わないじゃない」

「エルビナ、言葉遣い。引っ掛けてくるなんて言わないの」

「はあい」

エルビナは勝ち気に口角を上げたあと、視線を落とした。

「でも手紙と言えば、レーウェン家の手紙、心配よね。母親から息子を返せってものだから、難しいけど……」

レーウェン家から、息子を返せとの手紙は、今もまだよく届く。とはいえ夏のパーティーの三日前あたりからは、ぱったりと来なくなったが。

「普通はあんなに一方的な手紙を送りつけたら、すぐ騎士団に報告されて捕まるはずなのに」

「そうなの？」

「そうよ。でも家族同士のことだと騎士団が介入しづらい……ってお兄様言ってた。けど、おかしな話よ」

「家族同士……それ以外だと、一方的な手紙は、駄目なこと？」

「当たり前でしょう？　家族以外だと痴情のもつれとかで多いらしいわよ。恋人同士の別れ話とかで、それがひどくなって……って、矜持《きょうじ》が強すぎて、別れを告げられることが許せない人もいるのですって。普通に見えても、皆油断ならないから気をつけろって、お兄様に言われたわ」

エルビナの言葉に、ああ、その手があったかと、私は「ある策」を思い至った。

「ありがとうエルビナ」

貴女の仇《かたき》をうつ手段を教えてくれて、とまでは言わない。

「なんで？」

エルビナはきょとんとした。

「私は貴女が生きていてくれて嬉しいから。これからも、ずっと健やかでいて」

そのために、宰相を潰す。


エルビナによって宰相を地獄に落とす手段を思いついた私は、早速執務室の秘密の逢瀬《おうせ》の時間に、宰相へ別れを告げた。

「もう会えないって、どういうことですか……！」

「言葉通りの意味です。そろそろ夏も終わるので、貴方とこうして会うのも、終わりにしようかと」

「私は、本気で貴女との未来を考えていました。計画だってあるのです！　隣国に攻め入るための計画です！　ほら、ほら！」

宰相は隣国エバーラストを攻め入る軍事計画表を見せてきた。おそらく、彼にとって最も大切なものだろう。これが広まれば、エバーラストと開戦になりかねないし、なにより、これまでの宰相の計画が破綻する。

「こんな小娘に、隣国との戦《いくさ》の計画を見せてしまうなんて、エディンピアの宰相ともあろうお方が、嘆かわしい」

そう言って、私は部屋を後にする。宰相は部屋の中で立ちつくし、追っては来ない。

「姫様」

外で待っていたウェルナーが私の腕を一瞥《いちべつ》すると、無表情で取り上げて舐める。

「人が見たらどうするつもり」

「殺します。今見ているものがいないので、証明ができませんが」

「証明なんてしなくていい。外では二度としないで」

くだらないことをするなと腕を引き、私は回廊を進む。

芽は出た。あとは、花が咲くのを待つだけだ。


人は手に入らないものがあると、無性に欲しくなる生き物らしい。

これまで不要だったのに、一度もう手に入らないかもしれないと思うと、狂うほどに欲してしまう。そんな愚かな人の性を証明するように、宰相からは連日手紙が届いていた。

私の家族の開封を疑ってか、差し出し人も私の名前も決して記さない。

ただ、一方的な手紙の内容は徐々に過激さを増し、王を脅迫してまで下賜についてのませるという、宣言がある。私は届いた手紙をいくつか選び、そこへ文字を書き加えていく。

ウェルナーは隣でじっと私を眺めていた。

「書きづらい」

「すみません。姫様が動いていらっしゃることが、嬉しくて」

「は……？」

この男は何を言っているのやら。腕を舐めてきたり、手のかかる……家族揃ってだ。

「ねぇ、貴方の家から手紙って届いてる？　接触はない？」

最近はウェルナーに単独行動を許していた。その間に、この男が何をしているか知らない。自由にしている分には構わないが、レーウェン家からの手紙が止まっていることもあり、なんとなく不安がよぎる。

「いいえ、全く。俺はあの屋敷に帰るつもりはありませんので安心してくださいね」

不思議そうに言い返され、それならいいかと納得した。

「それより、宰相を殺さなくてよいのですか？　いったいいつになったら殺せるのですか」

ウェルナーが不満げに見てくる。

私は、宰相の執務机にあったペンを置き、従僕を見上げた。

「……大丈夫。もうその日は近いから」

数奇なことに、前の人生で宰相が妹を蹂躙《じゅうりん》したのと同じ日、私へ登城の命が下った。

「……ティラに王妃教育を施《ほどこ》しているのだけれど……難しいわね。いくら良い環境でも、腐った種なら、水をやってもやっても、芽が出ない……ということなのかしら」

王の妻のみが座ることを許された座の上で、王妃が自分の頬に手をあてる。

今日の登城は、最近のルカやティラの行動について話し合うものだ。

話し合うといっても、私がルカたちについての報告をして、王妃がそれを受け私に命令するか、今後の行動指針について思案するだけ。あまり意味のなさないものだ。

おそらくだが、こうして無意味な懇談《こんだん》を重ねることで、王子の為に苦心している王妃の印象を周囲に広げ——ティラを殺そうと動いている可能性がある。

前の世と異なり、今ティラへの風当たりは強い。騎士団長の妹となった私をないがしろにも出来ず、癒やしの力があれど、特に大病も怪我もしてない王妃にとって、私とティラ、今どちらが役に立つかは明白だ。

「ティラ様は真面目で勤勉だとルカ様からお伺いしておりますが、中々努力が実らない……ということでしょうか？」

私は王妃に真正面から訊《たず》ねた。

前は私が側妃という立場が早々に決まったからか、ティラの教育係をさせられていた。

しかし今世では、王妃の側近が直々にティラを教育している。

「いえ。真面目さや勤勉さはないわ。愛嬌《あいきょう》だけで生きてきたって分かる子だもの。媚の売り方は分かっても、元が空っぽだから……間諜《かんちょう》の手駒になんとかさせられる程度だわ……ふふ、酷い言い方になってしまうけれど……でも本当よ。略奪上手でも、もう少し賢い子なら良かったのに。ルカには女の目利きも学ばせるべきだったわ」

にこやかに話していた王妃だが、段々とルカへの苛立ちが増してきたのだろう。顔を歪めた。

私は頃合いかと、辺りを見回す。「本日、レヴン宰相はどちらに？」と問えば、王妃は笑った。

「ええ。せっかく協力してくれた貴女に、いいものを見せてあげたいと思って」

王妃はほくそえむ、
しばらくして、宰相が謁見《えっけん》の間に現れた。

彼は「あれ……本日、報告が……？」と、私を見て驚いている。

予定を知らされていなかったのだろう。王妃は「報告会は終わったの」と返し、遠くを見渡して、

「来てちょうだい。気味の悪い倒錯者《とうさくしゃ》が、入ってきたから」と、よく通ることで発した。

その声で騎士団がいっせいに謁見《えっけん》の前に入ってきて、宰相を取り囲む。

「なっ、なんだ、やめろ！」

宰相は、抵抗もむなしく騎士団によって取り押さえられた。まるでカエルが這《は》いつくばっているかのような、無惨な姿の彼は、愕然《がくぜん》としながら王妃を見上げた。

「お、王妃様！　こ、これはいったいどういう……」

「とぼけないで。私に気味の悪い手紙を送っていたでしょう？　王を脅して下賜させようなんて、気持ち悪い」

王妃は宰相を、侮蔑《ぶべつ》の眼差しで見下ろす。

宰相は王妃を見たあと、ゆっくりとこちらに振り向いた。

宰相が、私に贈り続けた手紙。私はそれをすべて、王妃宛になおして送付した。

幸い宰相から私にあてた手紙には、私の名前や宰相の署名が書いていない、宰相は私を自身の執務室に入れていた。封蝋印も宰相のものを、ペンもインクも宰相が使っていたものを好きなように使える。

数ある書類の中から王妃宛のものを抜き出し、宛名を窓に透かせ、写すことだって簡単だった。

王妃には連日気味の悪い愛の告白が届くが、自覚のない宰相は王妃に対して平然と振る舞う。

誰かの作為が働いているのかと疑っても、筆跡は本人のもの。

まさか自身の知らぬ間に宰相が王子の元婚約者と距離を近づけ、私物まで盗まれているなんて、宰相と長く共にあった王妃だからこそ疑えない。

あの宰相がそんな愚かな状況に追いこまれているなんて、本来ありえないのだから。

そして私は、頃合いを見て王妃に伝えたのだ。ウェルナーのことでディオンに会いにいく途中、宰相が王妃宛の劣悪な手紙を書いているところを確認したと。

あたかも心配だからと、いう表情で報告として。

「ち、違います！　その手紙はロエルに宛てたものです！」

「お前がそんなにつまらぬ言い訳をするようになったとは。挙げ句の果てに娼館経営だなんて……信じられない」

王妃はこれまで娼館経営について、黙認していたのだろうが、気味の悪い手紙を送られてきたこと、ファタール家の令嬢かつ騎士団長代理の妹――そして婚約破棄をされた令嬢である私の声は、無視できない。

さらに夏のパーティーでティラが失態を犯したことで、素晴らしい追い風も吹いている。

ようするに、王妃は自分に気味の悪い感情を向けていた男を、娼館経営という大罪により、正義の名のもとに断罪できるのだ。

「お前は、この国に貢献した。けれどそれ以上に許されぬ罪を犯したわ。十日の猶予《ゆうよ》をあげる。国から出ていって頂戴」

「そんな——私は、国に尽くしてきたつもりです！　勿論《もちろん》王妃様にも！　この国には私の叡智《えいち》がまだ必要なはずだ。おかしい。ありえない。私の叡智《えいち》がこの国には必要なはずだ……！」

宰相は結局、どこまでも自分が好きだったのだろう。

故に、自分を受け入れなかった女が許せなかった。

そして、自分が飼い馴らせると思い込んだ女に、食い殺される。

「お前……」

宰相は騎士団に押さえられ、運ばれながら私を睨《にら》む。

私は手紙の件を王妃に報告すると同時に、宰相の調査協力を申し出た。

王妃の協力のもと、娼館の場所をつきとめ、娼婦たちの身の安全も「美談になる」と王妃に保証させるよう仕向けた。

すでに騎士団たち——そして応援に入ったウェルナーの手により、娼館の女性たちは解放されている。それだけじゃない。宰相の屋敷から執務室に至るまで、完全に検《あらた》められた。

やっと殺せると、私は晴れ晴れした気持ちで畜生を見送った。

「今から宰相を殺しに行くから、ついてきて欲しい」

宰相が断罪された日。私は湯浴みの前、ウェルナーに声をかけた。

宰相はひとまず屋敷に送り返された形だが、あの王妃の様子から察するに、近日秘密裏に殺されるだろう。

その前に殺しておきたい。

「ついていくのは構いませんが、俺が殺してはいけないのですか!?」

ウェルナーは殺しの同行に焦るより、自分が殺せないことに焦っている様子だ。天性の人殺しの血が騒ぐのだろうか。

「別にそういうわけではないけど……宰相は華奢《きゃしゃ》だし、奇襲するから」

油断するつもりはないが、屈強な騎士団長と異なり、宰相は線が細い。虚弱とまではいかないだろうが、軟弱だろう。自分は頭脳を使うと、鍛えている様子もなかった。夜闇に乗じて刺せるはずだ。どうせ娼館あたりで酒を飲んでいるだろうから、ふらふらになっているところを殺すだけだし。

「それは……姫さまがどうしても、自分で殺したい相手なのですか?」

もう少し怯えた反応を見せるかと思いきや、ウェルナーはじっと窺《うかが》うような視線を向けてきた。

「……」

「俺が殺したいです。あの男、姫様を好いていたでしょう? 姫様に殺してもらうなんて、そんなこと、よくないです」

「なにそれ、人を殺す時点で良くないことでしょう？」

「いいえ、姫様が死んだほうがいいと思う人間は、皆苦しんで死ねばよいのです。しかし、姫様が殺すというのはやはり……騎士団長は姫様が刺し殺したわけじゃないので、まだ……いやそれでも苦しいところですが……とにかく、姫様に殺される喜びを享受《きょうじゅ》して死ぬのではなく、宰相にはどうでもいい有象無象《うぞうむぞう》の俺に殺される末路のほうが似合います……」

彼は呻《うめ》く。変な嫉妬心だ。私はしばし悩んだ末に、彼の目を見た。

「……殺せるの？」

「はい」

ウェルナーは私をまっすぐ見返す。その瞳は強く、迷いは感じられない。

最悪、宰相は私が殺せばいいのだ。

「本当に？」

「本当です。どんな風に殺せばいいのでしょうか？　苦しめればいいですか？」

「はやく終わらせて。ただ、死んでくれればいいだけだから」

宰相は思った通りの八つ当たりをしていた。
両親も使用人も寝静まった頃、街のはずれ、娼館そばの森で女を襲っていた。
様子を見るに、買った女ですらないのだろう。女の特徴が、前の人生、地下牢での蹂躙《じゅうりん》のときに
「ついでに貴女の妹の前に殺した女についても教えてあげます。比較にどうぞ」などと、得意げに

語った女と特徴が一致していた。

泣き叫ばれてもいいよう口をしっかりと厚い布で塞《ふさ》ぎ、足に枷《かせ》を嵌《は》めているあたり慣れたものだ。

「ウェルナー」

ウェルナーは私の微《かす》かな呼びかけにも素早く反応し、女を襲う宰相を後ろから切り捨てた。

もう少し躊躇《ためら》うかと思ったけれど、やはり彼は天性のものを持っている。

宰相は声すら上げられず背中に鮮血の染みをつくりながらこちらに振り返った。

「な、な、なぜ、」

宰相は私を視界にとらえ、口を動かす。餌を乞《こ》う魚みたいだ。

「言う必要がありますか？　もうすぐ死ぬのに……」

「わ、私は、貴女を──あ」

「もう喋るな」

宰相がなにか言う前に、ウェルナーが宰相の首を宰相を切り捨てた。

息を吹き返すことを絶対に許さぬという気概を感じる。昼間に嫉妬したり、不満そうにしたり、風呂場で大慌てしたり──感情豊かな印象だったが、今のウェルナーの瞳は恐ろしく昏《くら》い。いや、人を殺して嬉々とされても困るけれど。

辺りには血が広がり、まるで赤い薔薇の花びらを散らしたみたいだ。

「姫様に言ったわけではないですよ」

やがて、くるりとウェルナーが笑みを浮かべ私に振り向く。

「なにが」

「喋るなというのは、この死体に向けてですからね」

ウェルナーは上機嫌で言うが、『この死体』という部分だけは、吐き捨てて鼻で笑うようだった。

「そんなことどうでもいいから……」

私は、先程宰相に襲われかけた女に近づき、その口に覆われていた布を外していく。

「ど、どうして同族を……お、おまえはこの国の人間ではないのか……？」

すると、布を外されるなり女は怯えた様子で私を見た。女の首筋にはショールが巻かれているが、その首筋には鳥を模した墨が入っている。

隣国エバーラストの人間であることを示すものだ。

「この者は、同じ国の民というだけ。守るべき者じゃない。同族だから信用できる、大切にしなければなんて、とても愚かな考えね」

私は女の前に立つ。

ショールで身を隠している……国を追われたならず者だろうか。それとも、宰相に強引に連れ去られたのか……まぁ、私にはどうでもいい。

「お前も私にとって守るべき者ではない。次に会えば、お前を殺す。こんなふうに」

そう言って、私はウェルナーの握っていた剣を取り、宰相の亡骸《なきがら》を刺した。

「早く去れ、この先の川沿いを西に伝っていけば、お前の国と繋がる海に出る。騎士団の警備用の船がいくつか停まっているが、一隻くらい無くなっても問題にはならない」

それにどうせ、明日は宰相の行方がわからなくなったことで宮廷内はざわつく。

誰かが船が無くなっていることに気づくのは、もうこの女がこの国から離れた頃だろう。

私の言葉に隣国の女は頭を下げ、駆《か》け足で川の方へ駆《か》けていった。

「あれは殺さなくてよいのですか」

ウェルナーが問う。

「別にいいわ。殺す意味もないでしょうし」

「ではこの男の死体はどうしますか？」

「放っておく。王妃以外の人間は、王妃の命令で殺されたと思うでしょうし、王妃自身も自分の手のものが殺したと思うだろうから」

月に照らされた死体を見つめる。

あの隣国の女は、同族ではないのかと言っていた。まるで同族を討《う》つことは間違っているかのように。

でも私は正しさも間違いも、どうでもいい。全部いらない。

この国を取って、家族が絶対的に脅かされない世界になれば、私は何も望まない。

宰相を殺し、湯浴みを済ませたあとのこと。私は私室でウェルナーに訊《き》いた。

「エルビナになにか言った？」

ウェルナーはエルビナに頼まれ、私を温室に呼び出した。そう考えるのが自然だけど、どうも違うような気がする。エルビナとずっと一緒にいたからこそ分かる勘でしかないけど、あの子は私を呼び出すことはしない。ウェルナーがなにか働きかけたと考えるほうがしっくりくる。

「俺は何も？」

しかし、ウェルナーは首を横に振った。正直さは感じられない。だけど、彼によりエルビナと話せるようになったことは事実だ。エルビナが何を考えているか、知ることも出来た。

「……ありがとう」

「いいえ。お礼なんてとんでもない。こちらこそ、お側においていただきありがとうございます。このウェルナー、罪人の身の上ながら、日々、至上の喜びを享受《きょうじゅ》しております」

罪人。

母姉に虐待されていたことについてだろうか。被害を受けた側が自らを罪深いとするのは、納得いかないが、ウェルナーのあまりに幸福そうな笑みに追求する気が失せた。

「姫様、ご褒美をください。俺、いいと言うまで宰相を殺さず、姫様を待っていたので」

やがてウェルナーが改まった様子で近づいてきた。殺した褒美を要求してくるのではなく、待機した褒美をくれというのも、度《ど》し難《がた》いけれど、同行はしてくれたし、きちんと殺してくれたわけで。

「勝手にして」と足を出せば、ウェルナーは首を横に振った。

「違います」

「何？　報奨金、増やす？」

「いいえ、俺は、姫様の椅子になりたいのです」

「……は？」

ウェルナーはいたって真面目な声音だが、理解が追いつかず私は停止した。

ややあって「どういうこと？」と、聞き返す。

「俺が椅子に座るので、姫様は俺に座ってください」

彼は名案と言わんばかりに狂気の沙汰を語るが、宰相殺しを手伝ってもらった手前、報酬は支払うべきだ。お金で解決したいと思いつつも、私は椅子から立ち上がった。

「ささ、どうぞ」

手近の椅子に座ったウェルナーが促《うなが》しながら、嬉々とした顔でこちらを見てくる。

私はうんざりした気持ちで、ウェルナーに座ろうとしたが、「違います」と慌てた声が聞こえた。

「俺にまたがってください」

「向き合うように座れってこと？」

疑念を懐きながら問えば、ウェルナーは満足げに頷《うなず》いた。いい加減にしてくれと思いつつ、私はウェルナーと対面した状態で座った。

「これで満足なの？　ご褒美になってるの？」

「恐悦至極です……ああ、まるで天国にいるようです……いえ、ここが理想郷……」

病気だこの男は。人の裸を見ても興奮することなどなかったのに、椅子にされて喜び、私を壊れ物のように包んでは、感嘆の息を漏らしている。

「温かいです姫様……」

「じゃあ、もういい？　誰かに見られたら……」

「大丈夫です。鍵は締めましたので。誰も入ってはこれません」

「用意周到ね……」

「それほどでも」

ふふっと、ウェルナーの笑い声が耳朶《じだ》をかすめる。褒めてない。やがてウェルナーは私の髪を指で梳《す》き始めた。

「楽しい？」

「はい。でも、これでは俺が姫様を甘やかしているみたいですね。本質は全く逆なのに」

「私の人生に甘やかしなんていらない……天国もいらない。地獄だけでいい」

私は地獄に堕ちる。その覚悟はもう完全に決まっている。

ただ、無邪気に笑うこの男を道連れにしていいものか、分からなくなってきた。

「……貴方に、人まで殺させてしまった」

言う気なんてなかったのに、温もりのせいで隙が生まれた。

ウェルナーが私の頬をなぞり、慈母のように微笑む。

「いいのですよ、姫様。でも、どうしても気にしてしまうのなら、ずっとそうやって俺を想ってください。貴方のために人を殺した俺に責任を感じてずっと苦しんで、この胸に俺を刻みつけていてください。俺は地獄の底まで一緒にいますから。永遠に、貴女を一人には絶対にしません。うんと暗い場所で、ずっと一緒にいましょう」

「何言ってるんだか」

そう返したけれど、ずんと心の奥を抉《えぐ》られるような、空虚を埋められたような感覚がした。

彼はうっとりした顔で私を抱きしめる。私も、その背中に手を回す。

なんだか満たされていて、どこか切ない。私はウェルナーの肩に額をのせる。

「姫様、眠たいのですか？」

「疲れた」

「子守唄をご所望ですか？」

「絶対にやめて」

「なら、良い眠りを」

ウェルナーは赤子をあやすように私の背を撫でた。

馬鹿にするなと反抗したくなったけれど、逞《たくま》しい胸や、温度が安らぎをもたらしてくる。

男の身体なんて気持ち悪い。確かにそう思っていたはずなのに。今は心安らかだ。

狂ってるのは、私もだ。

規則的なリズムに微睡《まどろ》みながら、私は身を預けていた。


結局、宰相の死体が発見されるまで、一週間以上かかった。元々宰相の罪状は、王妃にとっては自分へ倒錯的な手紙を送ったことだが、王妃は「娼館経営」を理由に罰し、国外追放を命じた形になる。表向きは国外に出る間に暴漢にあったと片付けられたが、王妃の周囲は王妃が内々に殺し、王妃自身は周囲が内々に殺したと考えている様子だった。

やや気になるのが、宰相が計画していた隣国への奇襲についての書面の所在が明らかになっていないこと。王妃が処分したか、隣国との奇襲を目論見保存しているか不明瞭だ。仕掛けられてもない戦《いくさ》なんて、起こさせるわけにはいかない。そういった状況で、新しい宰相は王妃の側近が務めることになった。懸念は残るが、王妃には死んでもらう。好きにはさせない。

「騎士団長がいなくなったことに続いて、宰相が殺されていたなんて、怖くない？　悪いことをした罰が下ったって言っても……」

ファタールの屋敷の広間で、エルビナが胡瓜《きゅうり》のサンドイッチに潜んだ薄切レモンを巧妙に外しながら言う。全部私が絡んでることだから怖がらなくていいよ——と思いつつ、曖昧《あいまい》に相槌《あいづち》をうった。

はじめに騎士団のもとへ通い、次は宰相のもとへとせわしなく動いていたが、久しぶりに家族でゆっくりしたいと、私はエルビナとお茶を飲んでいた。白いクロスの上にはスタンドとティーセットが並び、スコーン、キッシュ、プティングやパイが並んでいる。

「ねぇお姉様知ってる？　災女の噂」

エルビナが聞きながらもまたサンドイッチから胡瓜《きゅうり》を抜いた。

「災女？」

「騎士団長が谷でいなくなったり、宰相が殺されたり……時期的にほら、ティラが来てからでしょう？　だからあの女が災いを運んでいるんじゃないかって噂されてるのよ！」

エルビナは「お姉様からすればあの女が来た事自体が災いだけれど」と、顔をしかめた。

「王子もそのうち痛い目に遭《あ》うわよ。あの女を抱えてお姉様をないがしろにしたのだから」

「そんなこと言わないの。不敬でしょう？　それにエルビナには誰かを恨んでほしくないわ」

私はどこまでも闇へ向かう。

けれど家族は明るい道にいて欲しい。

「すみません。少しよろしいでしょうか」

エルビナと茶会を楽しんでいると、ウェルナーがやってきた。

彼は普段、私が家族と話をしているとき、近づこうとすらしない。いつも物影からじっとこちらを見ては時折一人で笑っているのに。いったい何があったのだろう。

「どうしたの？」

「休暇をいただきたいのですが」

「別にいいけど……いつ頃の予定？」

「三日後から二十日後までの間であればいつでも」

その括りはいったい何だ。明日、明後日、何日後ではなく、範囲を定めてくるところに違和感を覚えた。自分の休みなのだから、自分で決めたらいいのに。

「なら三日後は？」

「ありがとうございます。その日、共に行っていただきたい所があるのですが、よろしいですか？」

「……お姉様を連れてどこに行く気？」

エルビナが怪訝《けげん》な顔をする。

「俺の母と姉の葬式を開くのです。血筋は俺だけなので、喪主をしなければいけないらしくて」

定例の会議を嫌がる兄のように、ウェルナーは平然と言ってのけた。

第四章　移りゆく巡り

私の屋敷には、ウェルナーの母親や姉からの手紙が度々届いていた。

確かにここ最近は止んでいたが、飽きたか、機能するようになった騎士団に取り押さえられたか、どちらかだと思っていた。

「まさか、ふたりとも物盗りに襲われるなんてね……」

レーウェン夫人とその娘の葬儀当日。

金木犀《きんもくせい》の絨毯《じゅうたん》が広がる小高い丘で、黒で揃《そろ》えられた参列者たちが、声を潜め話をしている。

レーウェン夫人とその娘が亡くなったのは、およそ二十日前に遡《さかのぼ》る。

使用人を伴わず、たまには親子でゆっくり、と買い物をした帰り道、暴漢に遭《あ》い衣服を切り裂かれ、金品を奪われたそうだ。突然のことで埋葬のみ先に行い、さらにレーウェン家の新当主が都合をつけられなかったことで後回しとなった結果、今日が当日となった。

身体には何十箇所と傷跡があり、棺《ひつぎ》は閉じられたまま、安らかに眠る姿は木板で遮《さえぎ》られている。

人々は、「怖いわ」「あの通りは行かないほうがいい」と、故人の死を悼《いた》むよりも、生者の脅威を憂いていた。葬式が前後しているとはいえ、この短期間で、宰相と夫人が死んでいるのだ。

貴族だけを狙った通り魔が現れている——というのが大方の見立てだった。

宰相は通り魔ではなく、私が殺した。でも、レーウェン夫人とその娘は……、

「顔」

私は、先程からずっと興味のなさを隠していない、レーウェン家新当主となったウェルナーの脇腹を、誰にもさとられぬよう肘《ひじ》でつく。

家族全員を殺され、普通なら辛苦の表情で喪主を務めるであろうときにこの男は、あろうことか他人事《ひとごと》のような眼差しで参列者を眺めていた。

立ち方も、騎士として背筋は伸びているが棒立ちで、今にもため息を付きかねない態度だ。

なのにウェルナーは心外そうに首をひねる。

「顔？」

「興味なさそう。まわりは貴方があの人達を憎んでいるなんて知らない。そんな顔してたら、貴方が殺したって疑われる」

「そうですか？」

反抗の響きはなかった。本当に疑問を抱いている質問だ。

やがて、参列者がちらりとウェルナーを窺《うかが》い見る。

「一人残された彼は、大変お辛いでしょうね……」

「茫然《ぼうぜん》自失、とでもいうのかしら……ずっと屋敷で、お姉さんを支えていたのでしょう？」

「ええ、でも最近はファタール公爵家に奉公に行っているとかで……なんていうか時期が良かったわよね。本当に一人だったら、あまりにも……」

ウェルナーはこんなにも無関心そうなのに、参列者は気づいていないようだ。解《げ》せない。みんな騙《だま》されている。

ウェルナーは、ほら見たことかと言わんばかりに、無言でこちらに視線を向けてきた。

「参列者を見ていて」

命令すれば、ウェルナーは素直に参列者を凝視し始めた。こういうところが扱いづらい。忠実なんだか、背いてくるのか。牢の中で囚人を殺す異常者の気持ちなんて分からないと切り捨ててしまえばいいが、変なことをされても困る。

「……姫様は俺が殺したと思いますか」

ウェルナーが、命令通り参列者を眺めたままで聞いてきた。

正直なところ、私はレーウェン一家が彼を遺して殺されたと聞いたときから、犯人はウェルナーだろうと思っていた。宰相を殺すとき、その剣は迷いがなかったから。

既に誰か殺していた——練習していた可能性が、絶対にないとは言えない。

「殺していようが、殺していまいが、どうでもいい。貴方は私を止めないのと同じように、私も貴方を止める気はない。貴方は勝手にすればいい。好きなように。望むように。ただ——私の邪魔をしたら、赦《ゆる》さないけれど」

「邪魔なんてしませんよ。俺は貴方の剣ですから」

「ああそう」

ウェルナーは、宰相を殺した。何の躊躇《ちゅうちょ》いもなく。

騎士団長を陥《おとし》れるのを手伝うこととは、訳が違うのだ。なのに彼は、あっけなく、いとも簡単に宰相を切り裂いた。すでに死んでいたとはいえ、騎士団長のことも。最低な発想をすれば、私はウェルナーに罪を着せられる状況だ。彼はそのことに気づいているのだろうか。

「次は、誰にしますか」

ウェルナーが問う。

私は、葬儀の最後列で、何人もの騎士に囲まれながらゆっくりと歩く女に視線を定める。

くだらぬ嫉妬で、母に毒を盛り殺した女。

母を殺しておいて、私には、「困ったときはお互い様」なんて言ってのけて、飄々《ひょうひょう》としていた。

絶対に赦《ゆる》さない。

「まぁ、王妃様までいらっしゃって……」

参列者が後ろを振り返り、さっと道を開ける。母を殺した女が、悠然と歩いていく。

十分距離が開いたところで、私はウェルナーに伝えた。

「次は、王妃《あの女》」

◆

大して使い道のない手駒の葬式を終えた王妃アグリは、その翌日、新しく宰相となった自分の側近を連れ、城の回廊を歩いていた。

庭園の木々は赤く染まり、庭師が丁寧に整えたジニアが最盛期を迎えている。

橙《だいだい》の花びらと緋色の木々の組み合わせは優美だが、アグリは一瞥《いちべつ》し、心に秘めた社交用の会話の引き出しにしまっただけで、すぐに視線を逸《いっ》した。

花は嫌いだった。一番嫌いな女の趣味が、花を愛でることだったから。

「それでは午前の政務は以上となります。午後の茶会の少し前にお呼びいたしますので、ご自由にお過ごしください」

「なら、部屋に戻るわ」

宰相になっても変わらぬ腹心にすげなく返す。

トラビスが消え、レヴンが何者かに殺された。騎士団長は、愚かだが新しくて俊敏《しゅんびん》な駒に変わった。宰相が自分の腹心となったことで、政《まつり》が動かしやすくなった。自分に有利に物事が動き出しているというのに、どこか心は満たされない。

あの時と同じだ——と、アグリは私室のソファに腰掛けた。

まだアグリが、王妃ではなく公爵令嬢と呼ばれていた頃。

ロエル・ファタールの母親——ユディット・ファタールと共に王妃候補に選ばれ、次期王妃の座を競い合っていた。ユディットは公爵令嬢として完璧な素質を持つのに、牧歌的な暮らしを好む、風変わりな女だった。そのせいか王の気は彼女に惹かれ、能力もユディトのほうがあらゆる面で上回っていたことで、アグリに圧倒的に不利な状況が続いていた。

しかし、アグリにはユディトより長けた部分が一つだけある。

計略だ。

アグリは王族ではなく王族が無視できない貴族たちに取り入り、数多《あまた》の工作の果てにユディトに勝った。王妃の座を確固たるものとした後、自らの成功体験におごること無く、後から実力を身につけた。今やアグリに歯向かうものなど誰も居ない。アグリに負けたはずのユディトは、その後これまた牧歌的な、凡庸《ぼんよう》な男を婿にして結婚した。

まるで、王妃になれなかったことなど、自分の人生に関係がないとでもいうように。

いやむしろ、王妃になれなかったことが、ユディトの人物に箔《はく》をつけているようだった。

さらにアグリが男を産むのに苦心する中、ユディトはあっさり男児を産んだ後、ロエル、そしてエルビナと子宝に恵まれた。

だから――あまりに不愉快で、アグリは自分の毒見役……お気に入りの毒師をつかい、ユディトの夫を殺してやった。

なのに……ユディトは一向に不幸にならない。

夫が死んで、当然喪に服すことはしていたが、その後は領地経営を自分で行い、息子を騎士団副団長に、娘を王子の婚約者に、そして娘を立派な公爵令嬢として育て上げた。

特に、ユディトの長女であるロエルは、群を抜いて優秀だった。ルカには他にも婚約者候補が居たが、ロエルとは比べ物にならず、憎きユディトの娘であっても、ルカの婚約者……そして時期王妃として認めざるを得なかった。その後、教育から逸脱した王妃教育を行ったが、ロエルはそれに耐えてみせた。負かしても負かしても、ユディトは負けた顔をしない。

ロエルとルカの結婚が近づいてきてからは、ユディトに対し憎悪を超え、殺意すら抱いていた。

どこか頃合いを見て殺そう……そうしなければ、私はおかしくなってしまう。

希望は決意に変わり、夢想は計画に移行した、
しかしルカがティラを連れ帰ったことにより、国の情勢が変わった今、ユディトを殺し、ファタール家を潰すわけにはいかなくなってしまった。

現状表立って王族に反感を表明していないのは、ファタール公爵家しかない。

ルカとティラのくだらぬ恋路《こいじ》のせいで王族から力ある貴族たちが離れていっている。隣国との戦《いくさ》を見越し、税を重くした時期と重なり、平民たちからも反発が強い。

どうにか財源を確保して、戦《いくさ》を始め、国の流れを変えなければいけない。

王妃になれれば幸せになれると、満たされると無条件で思っていた。

王妃教育は過酷で、この苦しみさえ抜ければ、あとはもう素晴らしい日々が約束されていたはずだった。

しかし蓋を開けてみれば、王妃教育と地続きの茨道《いばらみち》が、どこまでもどこまでも伸びている。

……いや、まだ、まだやりようはある。

今の王――自分の夫の子供を適当な女に産ませて、ルカの弟、ルカの代わりを作り、自分の子として育てる。これまでの苦渋の日々を思えば、造作もない事だ。

苦労して手に入れた王妃の座。国の価値を、王族の価値を下げることなどあってはならない。

アグリが冷ややかに隣室を隔てる壁を見つめていると、宰相が「あ」と窓に振り向いた。

「どうしたの」

「調和の鳥です」

宰相が窓の外を指す。

しかし、アグリは見ようとも思わなかった。そのかわり、アグリは先を見据《す》える
茨を踏みしめ他者の血を吸い、すべて斬り伏せたその果てにある、豊かな道を。

◆

秋の半《なか》ばに、隣国の皇帝が病気で死ぬ。

宰相に襲われかけていた女のいる国——エバーラストだ。

隣国エバーラストは王の死による混乱のさなかエンディピア王国に奇襲をしかけられ、すぐに敗北する。戦《いくさ》の途中で、母は王妃に毒殺される。王妃に仕える毒見役は、毒の扱いに長けており、少しずつ毒を盛られ、病気を装って殺された。そしてその後、私は投獄された。

牢で語られたのは、王妃にとって母がずっと邪魔な存在だったということだ。

母にとって王妃は大切な友人だったが、王妃はそうは思っていなかったらしい。

ファタール家の財産はすべて国で使うとも言っていた。

——我が国に尽くしてくれてありがとう。

私が蹂躙《じゅうりん》されるのを眺めながら、王妃は嗤《わら》った。牢の中に新しい毒師を連れてきて、私で効き目

の実験をすることがあった。前の毒師は毒味のさせすぎで死に至ったらしい。私の母を殺す以前から味覚や嗅覚も失われていたそうで、私の母を殺させたあと、処分したと言っていた。

「だんだん、気候も落ち着いてきて、クリームがより美味しい季節になったわね」

そして王妃は今、前の人生と同じような笑みを浮かべる。彼女は定期的に公爵令嬢や自らの側近の娘を集めて茶会を開いていた。地盤固めをし、自分と世代の異なる人間へも強い影響力を持ちたいと願ってのことだろう。ただ、今日――初秋の茶会に集められた面々の表情はどこかぎこちない。

『ルカ王子は雑種の血を招こうとしている。躾《しつけ》のなってない犬同然』

下品極まりない表現だが、貴族たちはルカとティラについてそんなふうに話をしているらしい。帰還式でルカが宣言をしたこと、そしてルカが王妃にと望んだティラが、伝統的な夏のパーティーで失態を犯したこと――バルコニーで、本性を表したこと。他にも宰相の不祥事《ふしょうじ》があったことなど、王族たちの品位が疑われている。

まるで、大きな塔が音を立てて崩れるように、王家の信頼は崩壊の一途を辿っていた。

今回王妃が直接なにかしたわけではないが、ルカとティラについての管理責任を問う声も少なからず出ていた。そして今も、定例の茶会で自らの影響力を高めようとしたが、皮肉にも「こんな時期に茶会なんて」と、参加者たちは一歩引いた目で王妃を見ている。

「はい。この無花果《いちじく》のジュレ、甘酸っぱくてとても美味しいです」

だからこそ、私は顔を綻ばせ、王妃に迎合《げいごう》してみせた。周囲の参加者は、私の反応をうかがい、少しずつ愛想笑いを浮かべていく。現状、私が死にゆく王家に目をかければかけるほど、勝手にファタール家は持ち上げられる。ルカとティラが行った仕打ちを思い出し、王族への支持を減らす。

ただ。さじ加減を間違えると、馬鹿な王族に仕える盲目な家畜だと手のひらを返される。

私は茶会が終わるのを待ってから、あえて城の回廊に残った。

「あら、ロエルさん」

中庭で時間を潰していると、新しい宰相を連れた王妃がやってきた。

「本日はお招きいただきありがとうございました」

礼をすれば、王妃は「いいのよ」と微笑み近づいてくる。

現在、エバーラスト奇襲計画の要となるトラビス騎士団長も、レヴン宰相もいない。

さらに、レヴン宰相の置き土産——民の生活を支える予算が、今年大幅に削減された。前年度から決定していたことだが、ティラ、宰相のこともあり、あまりに時期が悪い。茶会はできても、大規模なパーティーは民の不満を煽るため開けず、今年の秋のパーティーはなくなった。王妃は今、思うように動けない。

私が王妃を殺す機会を失うことと同義だった。

王妃は護衛が多く、謁見《えっけん》する際は距離がある。ふたりきりになることは難しい。

大規模なパーティーに乗じるかたちではないとすぐに足がつく。

新たな金脈を見つけ、王妃にパーティーを開かせ——そこで毒殺する。

「民から生活が苦しいとの声を、よく聞くようになってきました。ファタールの領地では、もともと暮らしていた領民についてはなんとか負担を軽くしていますが、中々厳しく……」

「私も、負担を強いてしまっていると思っているわ。でも、無から富を得ることは出来ないの」

王妃は申し訳無さそうに言う。裏では、毒薬を買い集めていると鉄格子の向こうで言っていたのに。今まで王妃はその座につくため、何人もの人間を毒により手に掛けてきたと言っていた。

自分を毒殺しようとした者もいたらしいが、彼女は強力な解毒薬を日の終わりに飲んでおり、遅効性の毒は効かないらしい。即効性の毒は完璧な毒見役に阻まれてしまう。

毒を操る女を毒殺することは、容易ではない。餌が必要だ。

「ルカ殿下の婚約者ではない私には、分不相応なことと存じますが、財源について、ひとつご提案がございます」

「なあに」

王妃は試すように私を見た。

「王妃様のご命令で、買い集めていただきたいものがございます。そして頃合いを見て売却し――富を増やしていきたいのです。その上で財源を確保できれば、税を軽くしていただきたく思います」

これから、隣国の皇帝が死んですぐ、銀の値が上がる。隣国が銀の最大輸出国だからだ。

しかし今、積極的に銀を仕入れる国はない。輸出が安定して行われていることや、金のほうが価値が高いとされているからだ。銀は豊富にあり、わざわざ仕入れるものではない。平民は木製のものを使うし、貴族は金製のものを使う。銀はその見目から装飾品――芸術的、美術的な用途はあるが、金と銀、どちらも輸入頼みの国では、やはり金をどれだけ輸入できるかが重要視される。

だが、隣国の皇帝が死に、銀の輸出状況が変わると、数多《あまた》の国々が銀の買い占めに動くようになる。最初は、「突然銀の輸出が止まることはない」と状況を楽観視する声が多かったが、博打のつもりで銀を集める者、それらの動きで「銀の買い占めが起きる」と誤解する者、はたまた「銀が不治の病の特効薬になる」などと吹聴《ふいちょう》するものまで現れ、銀の市場は大混乱に陥る。

その結果、銀の価値はこの秋の終わり、現在の三百倍に跳ね上がるのだ。

人は手に入らないと分かった途端欲しくなる。典型的な例だ。対象的に、銀のほうがいいと、金の価値が暴落する。

王妃に得をさせ続け、銀で夢を見せる。王妃は人に自分が成し遂げたことを知らしめるのが大好きだ。絶対にパーティーを開くだろう。そこで、毒により殺す。

隣国にわざわざ戦《いくさ》を仕掛けるまでもなく、豊かになれば税も軽くなる。豊かになった国に王妃はいない。愉快だ。安定し、家族の脅威が去った国で、じっくりルカとティラを排除すれば良い。

「私は、身を切る覚悟です」

王妃の目を見て言う。邪悪を引きずり落とすためなら、私は肉も骨も、魂だって捧げる。

「その子の覚悟は、本物よ」

私の背後から凛とした声が響いた。リタ夫人だ。長らく王妃の茶会に欠席していた夫人の姿を見て、王妃は驚いた顔をした。

「夫人……」

「元々彼女は、騎士団の訓練場改築の民の資金を工面しようとしていました。本来は国のすべきことですが、宰相が娼館経営などと不埒《ふらち》なことに注力し、政務をおろそかにしていたからです。しかしリタ公爵家として、国が動く前に出過ぎたことをするのは無粋《ぶすい》なこと。よって彼女にお金の動かし方の手ほどきだけして、自分でどうにかするようにさせたのです。案外飲み込みが早く、生まれ持った天性とでもいうのでしょうか、賭ける価値はある子でした……きちんと担保になるものも、用意できるくらいには」

リタ夫人の援護に、私はすかさず頷《うなず》いた。

「ウェルナー」

「はい。姫様」

物陰に控えさせていたウェルナーを呼ぶ。大きな鉄箱を運ぶ彼は私の足元にかしづき、箱を開いた。中には王国の軍備予算の半数に匹敵する金貨が詰められている。リタ夫人の商人の協力により、増やした資産だ。家族への分は、当然抜いているけれど。

「私がリタ夫人の教えにより、集めたものです。こちらの金貨だけでは、税を軽くするまでの財源にはなりません。こちらを増やす手伝いをしていただけないかと」

「貴女が……」

王妃は私を見る。

「この子は国のために動くわ。貴女と違って」

リタ夫人はさらに付け足した。最後の方は煽っている気がするが、かなり効いたらしい。王妃は

「わかりました」と、値踏みするように頷《うなず》く。

私は婚約者の座を奪われてもなお返り咲く野心家を装《よそお》いながら、王妃を見返して笑う。

地獄へようこそ。


「本日はご協力いただきありがとうございました。リタ夫人」

王城での一件の後、私はリタ公爵家の夫人の私室にいた。

「別に。私は事実を言ったまでよ」

「さようですか」

茶会の後、王城に来て援護してほしい――。あらかじめ私はリタ夫人に頼んでいた。夫人は今の王家が得をすることに難色を示していたが、今日彼女は来てくれた。

「……では、これで取引は終わりです。資金も十分溜まりましたので」

私はリタ夫人に別れを告げる。商人との取引はもう必要ない。夫人は王妃と違い、儲けを貪欲に望む性格でもないから、喜ばしいことのはずだ。

しかし、夫人は「変なことをする気ではないでしょうね」と、問いかけてくる。

「変なこと？」

「貴女、危うい所があるから。どこがとかじゃなくて、雰囲気……とでも言えば良いのかしら、なにか、とても大きくて、危険な道を進んでいきそうな、そんな雰囲気が」

「なるほど」

「それにほら、質問に答えないということは、後ろめたいことがあるのでしょう」

私は答えない。夫人は一方的に話す。

「……何かあったら、頼りなさい。貴女には、夫のこともあるから」

夫人はそう言ったあと、どこかばつが悪そうに視線をそらす。

「まぁ、貴女が頼れば、さすがに貴女の母親も動くだろうけれど」

「母を、関わらせたくないです」

「でしょうね。家族のために、危ないことをしているのでしょうから」

「……はい」

「でも、貴女のお母様なら、大丈夫だと思うわ」

「え？」

「次期王となる者にすら、欠片《かけら》も興味がなかった。夫が死んでも、気丈すぎるくらいに振る舞っていたけれど、自分の子供は例外のようだから」

夫人は言う。私は礼だけ済ませ部屋を後にした。


最近、ルカから手紙が届くようになった。

ティラの非礼について謝りたいらしい。

ため息をついていると、足に、さらさらとした髪の毛が触れた。

「こうしていても、姫様はいつだってお美しい」

ウェルナーが、床に膝をつけ、私の足に頬ずりをする。女に屈服させられることは嫌なはずなのに、わざわざ私の足首を自分の太ももで挟んで、しっかりと固定していた。

「足に口づけがしたいです」

「好きにすれば」

私が足を組みかえると、ウェルナーは私のドレスに触れた。ふくらはぎに口づけを繰り返しては、ひとりでに笑っている。足の指より嫌悪はないが、図々しさも感じた。

というか、なんでウェルナーは私に触れているんだろう。私室に帰ってきて、彼は当然のように私の足に侍《はべ》ってきたからそのままにしていたが、ご褒美をくれとも言われていない。

「はぁ……姫様……好きです。好きです……ずっと……」

でも、忠実……なのはいいこと……いいことなのだろうか？

「姫様は……心地よいですか……？　こうしていると」

「私は変態じゃない」

「そうですか……俺を椅子にしているときは、安らいでいたご様子でしたが……」

ウェルナーにご褒美を与えた日、私はそのまま眠ってしまった。一生の不覚だ。

私は、ウェルナーに自分の足を任せながら手紙に視線を戻す。ルカは現在ティラと距離を置いているらしい。ルカの感心がに向くことは有利だが、それはそれとして不愉快だ。

本当に、どうして私はルカに恋をしていたのだろう。というか、本当に恋をしていたのだろうか。

私もまた失われそうなものに手を伸ばしていただけに過ぎなかったのかもしれない。

だって本当に欲しいものなら、満たされながらもさらに欲するはずだ。

さて、それにしても返事はどうするべきか。

「なんて返事したら良いと思う？」

なんとなく、ウェルナーに聞く。それほど返事に悩んでいた。

適当に媚を売って泳がしておくか、それとも事務的に返してみるか。今は王妃と銀について集中したいこともあり、早い話が面倒だった。しかし、ウェルナーからの返事はなく、かわりに、がり、と足の親指に痛みが走った。見てみればウェルナーが歯を突き立て、こちらをじっと見上げている。

「なに」

「嫉妬を覚えました」

「は？」

それで噛んだのか。嫉妬の沸点はいったいなんだ。今までこんなことしてこなかったのに。

「何に嫉妬したの」

「他の人間に時間を使っていることです」

「なにそれ。なら王妃と会っていたことも許せなかったりするの？」

「はい。ご家族とのお時間は我慢できますが、姫様にとってそれ以外の他人との関わりは無意味でしょう？　それなら、俺でも良いはずなのです」

ウェルナーは平然と相槌《あいづち》をうった。女という生き物全てを憎悪していたから、彼は私を殺した。

今のウェルナーは変わらず女嫌いだが、私だけは例外――となったように思っていたが、その段階すらとうに過ぎ、男女問わず私以外の存在を憎悪しているのではないか。

「もう足に触るのは禁止」

噛まれたら溜まったものではない。彼の嫉妬基準が広範囲に渡る限り、私が噛み跡だらけになる。

「わかりました」

ウェルナーは立ち上がると、私を椅子の背もたれ背後から抱きしめ、すんすんと匂いを嗅ぎ、首筋にキスをし始めた。

「抱きしめることは許可しても首に口づけなんて許可してない」

「なら許可してください……」

人を背後から抱きしめ、惚ける声を出す男には、女への憎悪が微塵《みじん》も感じられない。

心の底から幸せそうだ。ウェルナーはそのまま首筋をついばみ始めた。なんだかウェルナーが触れている箇所が、徐々に上がっていっている気がする。鎖骨をなぞる指先がくすぐったい。

「ああ、姫さまかわいい……すき……ん……俺で、汚れてる姫様も全部可愛い……あはは」

彼はほの暗く笑う。前に私の指を舐めたときは、掃除するなどと言っていたはずなのに。

——俺でも良いはずです。

先程の言葉を思い出す。私は、男に触れられたくない。気持ちが悪いから。

だから、「でも」じゃない。

「姫様？」

ウェルナーが私を見る。私はハッとして、手紙をしたため始めた。

「貴女の言う通り、紅玉《こうぎょく》を仕入れて西の国に輸出の申し入れをしてみたら——四倍の金額を提示してきたわ。あそこで今、内々に紅の宮殿を作る計画がされているんですって。そして綿布も……貴女の指定する国に輸出するよう伝えたら、倍の価格で買うそうよ。綿が燃えてしまって大変だと言っていたわ……」

王妃に貿易指南の申し出をした半月後、早速結果が現れた。

王妃はどこか信じがたい様子で、私を見る。

「貴女の言う通り、銀を買っておいたわ。秋の終わりには価格が跳ね上がるのでしょう？」

「はい。そのとおりです。ありがとうございます」

「それにしても、どこでこんな情報を仕入れてきたの？」

「入手経路を知られてしまえば、私は必要なくなります。ご容赦願えますか」

「ふふ、そうね……なら、聞かないでおこうかしら」

王妃は思わぬ財源確保に浮かれた様子だ。

「報酬はなにがいい？」

王妃は問う。私は「民の税の負担が軽くなれば」と前置きし、彼女の望む答えを用意した。

「経営に興味があります。いずれ、なにか大きなことがしたいと……なので、そのときにお力をお貸しいただければ」

ただの民想いの令嬢は信用されない。王妃はそういった人種を好かないのだから。

「わかったわ。誰か一人の令嬢に肩入れするなんて、本当はよくないことだけれど……貴女は国の財政を救ってくれたんだもの。出来る限りのことをするわ」

なら、私の母を殺す前に死ね。どうか苦しんで。声に出さず、微笑みだけで私は呪う。

つつがなく謁見《えっけん》を終えた私は、ウェルナーを連れ城の回廊を歩いていた。

時間は夕刻ということもあり、回廊では役人がせわしなく行き交う。皆忙しそうだが、今日も王は玉座に座っているだけで、一言も声を発さなかった。あれでは、置物同然だ。

そんなことを思いながら歩いていると、役人や登城した貴族令嬢、夫人たちがちらちらとウェルナーを見ていることに気づいた。彼は私が騎士団に通ったり、宰相のもとに通ったり——要するに媚《こ》び売り登城をしなくなったことで、びっくりするくらい上機嫌で顔色がよくなっている。

宮廷に仕える女たちや、令嬢たちからの人気は高まる一方、近寄りがたい美貌を持つことで、高《たか》嶺《ね》の花のような扱いを受けていた。

回廊を歩いているだけで、ウェルナーは令嬢たちにうっとりした眼差しを向けられている。

結婚話が出てもおかしくないと思う。あの母親も姉も死んだことだし。

でも、ウェルナーは私をじっと見ている。愛想よく振る舞えばいいのに、上機嫌な顔をするのは私の前でだけ、他者に関しては無愛想——いや、感情が欠片《かけら》も感じられない真顔だった。死んだ魚のような目つきなのに、それすら「怜悧《れいり》な面立ち」と称賛され、理解しかねる。

「もうちょっと愛想よくしたら」

「なぜ？」

そして、周囲に友好的であるべきと言うと、とても反発してくる。何でもすると言う割に、嫌だと思ったことは絶対にしない。人を殺す命令なんて最も嫌な命令であるはずなのに。

「……色々、利益はあるでしょ」

「有象無象《うぞうむぞう》に優しくしても、この国が火の海になれば意味なんてなくなりますよ」

ウェルナーは声を潜めた。周りに聞こえない声で言うものだからまた失言を注意できない。

「火の海になれば私も貴方も死ぬでしょう」

「どうでしょう」

ウェルナーは即答してきた。足に侍《はべ》ることを好む男とは思えない反発ぶりだ。

「ロエル」

やがて後ろから声がかかる。ウェルナーの人気が高まるのと反比例するように大きく支持が急降下している男——ルカだ。

「少し二人で話をしないか。その従者を外して」

「申し訳ございません。ファタール公爵夫人及び王妃アグリ様の命により、ウェルナーを外すことは禁じられております」

前は偽りを口にすることに忌避感《きひかん》があった。

しかし、今は滞り無く声になる。王妃とルカには確執《かくしつ》が生じているし、私の母に確かめようがない。ティラから謀《たばか》られていない今、私が嘘をつくなんて思いもしないだろう。

「なら、せめて場所を変えたい」

ルカは周囲を見渡す。

「では、庭園はいかがでしょうか」

「わかった」

ルカが振り返らずに進んでいく。私はウェルナーと共に、彼の後を追った。


「俺の贈ったブローチを売ったと聞いたが」

庭園に場所を移し、こちらに振り返ったルカが開口一番発したのは、世情についてでも、宰相や騎士団長についてでも、ティラのことですらなかった。

「はい」

春にリタ夫人に売ってもらったもの。それがルカからもらったブローチだった。

おそらくルカが帰還式であんなふうに婚約破棄をしておらず、自然な形で私との婚約を解消、新たにティラと婚約していれば、夫人は私を止めていただろう。しかし、帰還式でルカが派手に婚約解消を宣言してくれたおかげで、夫人は驚きはしても止めることはしなかった。

「王族からの品物を売ることがどんなことか分かっているのか」

「王妃からお許しをいただきました。国を豊かにするために必要なことだったので」

私は王妃に、殿下からもらったブローチを売りたいと言った。最近のことだから、すでに売ったものについて、改めて許可を取った形だが、大義名分はこちらにある。

「お前は、何を考えている。自ら王妃の手駒になろうと言うのか。王妃教育でお前がされた仕打ちを忘れたのか……？」

ルカは顔を歪めた。私は王妃教育で王妃やその側近から侮辱されたり、時には暴力すら受けた。ルカは私を慰《なぐさ》め、「俺も、ずっとそうだった」と、痛みを分かち合っていた。

でも、前の人生で、ティラに酷いことはしていないと言う私を、信じてはくれなかった。

「王妃様から授けていただいたのは王妃になるための教育です。現在、乱れた国を正す王妃様のお力に――エディンピアの為に、尽くす所存です」

むしろ、ルカは私が王妃から罵倒《ばとう》や暴力による教育を施《ほどこ》されたからこそ、私がティラを侮辱し、ときには暴力を振るったのだろうと疑った。

「ならお前の気持ちはどうなるんだ」

「私の気持ち？」

必死に訴えるルカがあまりにも滑稽《こっけい》で嘲笑《ちょうしょう》が漏れ出てしまった。

ルカは母親が嫌いだ。王妃教育が暴力すら伴う過酷なものなのだから、ルカが受けてきた王としての教育だって厳しくないはずがない。

ティラに騙《だま》されていたとき、ルカは私と王妃を同一化していたのかもしれない。

馬鹿だなと思いつつ、このままルカを詰ったところでファタール家の立場が良くなるわけでもでもない。軌道修正をしなければ。私は芝居をうった。

「だってもう、こうするしかないでしょう。私は貴方を支える権利がない。でも私は貴方の夢を応援したい。その気持ちが消えないのです。辛い時、親身になってくれたのは、他でもない貴方だった。ティラ様は私に敵意がある。バルコニーの一件や、宰相の所業のせいで、民の心は王家から離れるばかりです。財政は芳《かぐわ》しくない。その影響が民の生活に及んでいる。民は貴方とティラを憎む。国を安定させるためには、途方も無い金《きん》が必要なのです」

本当に必要なのは銀だが、言ってやらない。私は俯いて、「申し訳ございません」と、まるでこんなことを言う気はなかったように振る舞った。

「本当は別の手段で、財源の調達をする気だったのです」

「別の？」

「はい。でも、宰相が亡くなってしまって……」

私は言葉を止めた。

「宰相が何だ」と、ルカは続ける。

宰相が娼館を経営していた話は、当然ルカの耳にも届いているはずだろう。

適当に言葉を濁すだけで、私が娼婦として働く予定だったか、もしくは宰相の妾《めかけ》となるか——どちらにせよルカは想像する。

「私は帰還式で婚約を解消された以上、普通の結婚は望めません。ファタール公爵家はエルビナが継ぎます。母にもエルビナにも、迷惑をかけたくないので……私にとっては奇跡のような贈り物だったのですが……」

「そんなことを……どうして……」

弱々しい声で訊《たず》ねられ、私はあえて口角を上げて、彼の夢を騙る。

「優しい国を、皆が平和に暮らせる国を、目指したいのです」

「ロエル……！」

ルカが私を抱きしめた。体全体が蛆虫《うじむし》に這《は》われるような嫌悪が遅い、嘔吐しそうになる。

すぐにウェルナーが「殿下！　おやめください！」と、ルカをひきはがす。

これで、二人で抱き合っていたのではなく、ルカが思い余ってということが強調されるだろう。

私は戸惑いを覚えた顔で、ウェルナーの背に隠れ、中庭の木陰のそば……愕然《がくぜん》と立ち尽くすティラを見る。彼女は私と視線が合うと、みるみるうちに憎悪の表情に変わっていった。

そんな顔をしたら逆効果だ。ますますルカの心は取り戻せなくなる。

ルカはウェルナーに押さえられながらティラに振り向くが、取り繕うことも驚くこともなく、また私の方を向いた。

「ロエル。すまなかった。謝っても、謝りきれないことをした。俺にこんな事を言う資格はないが、どうか、自分だけが犠牲《ぎせい》になればいいなんて思わないでくれ。お前の犠牲《ぎせい》でできた国なんて、優しくない。俺は愚かだった。どうしようもなく……すまない」

そう謝罪をして、ルカはティラを置き、その場を去った。ティラがその後を追うが、一人にしてくれとすげなく返される。ティラはルカを見送るしか無く、私に振り返った。

「貴女一体、何を考えているのよ……！」

彼女は取り繕うことも、怒りを隠すこともしない。きっと、ティラが私の立場なら、「残念でした」とでも言って、私をあざ笑っていることだろう。そして私はルカにティラのことを訴えるが、信じてもらえず逆に叱責される。ずっとその繰り返しだった。

「国のためです。本日は申し訳ございませんでした。私にも殿下のお考えが分からず……」

しかし、私はティラとは違う。絶対的な被害者でいなければいけない。

ルカはおそらく陥落しただろう。この状況ならば王妃を殺しても、ティラに「ロエルが殺したのでは」なんて唆《そそのか》されたところで、信じないはずだ。

私は戸惑いに揺れる女を演じ、ウェルナーの声で集まってきた周囲の関心を引きながらその場を後にした。


順調に王妃を殺す準備が整っていることに安堵《あんど》しながら屋敷に帰ると、母が夕焼けを背に花の手入れをしていた。

「ああ、ロエル、おかえりなさい。早かったのね。お城で楽しく過ごせた？」

白い花を背に、母はこちらに振り返る。前の人生では、この時期の母は王妃に内々に盛られた毒で寝台に横たわっていたから、こうして動いているのを見るだけで、とても嬉しい。

「楽しい……かは微妙なところだけど、いい一日だった」

質問に答えながら母の元へ向かう。

帰りの馬車の中で、帰ったら湯浴みをと言い続けていたウェルナーは、「先に戻っていますね」と爽やかに笑って、近くの木陰に潜んだ。それは先に戻っているとは言わない。

「これはなんのお花……？」

私は庭園に咲く白い蕾《つぼみ》を指した。母から様々な花の名前を教えてもらったし、王妃教育で調度品や芸術の歴史のほか、生物についても学んだ。

でも、目の前の蕾《つぼみ》に見覚えがない。花びらは透明で、どこか淡く光っているようにも見える。

「この花の花言葉は宿命。すごく可愛い花だけど、周りの花や雑草を枯らしてしまうの。だからこうして、定期的に周りの花ごとお手入れしないと……」

母は、白い花の周りに伸びた枯花を抜く。

白い指先に土がついている。清廉《せいれん》でふわふわとしていそうなのに、土いじりが好きで、せっかちなところがあり、肥料も自分で運んでしまう。ほのぼのした雰囲気を持つ反面、領地経営に関しては辣腕《らつわん》家《か》と称される、私の母。

『不思議な人』

周囲の人間は私の母について、揃《そろ》えたように口にする。

アグリ王妃と妃争いをしていた話も、パーティーの場で他の貴族から聞いていたことがある。

「どちらが王妃になってもおかしくなかった。王妃の前ではとても言えないが、本来はユディト様が王妃にふさわしい。しかし今、ユディト様を見ていると、ファタール公爵家の当主であるユディト様のお姿も素晴らしい」と。

実際王妃でいれば土いじりなんてできないし、そのとおりだとも思う。

「アグリは元気そうだった？」

ふいに母が問いかけてきた。まさか秋の終わりには元気を失わせるどころか殺すなんて言えるはずもない。

「はい」

「なら良かった」

母は頷《うなず》く。王について聞いてくるかと思ったけれど、花の手入れを再開した。

「王様も元気そうだったよ」

「よかった」

母は、宿命の花の養分となり枯れていく花を手折る。その手付きは、どこか淡々としていた。


中庭で花の手入れを続ける母と別れ屋敷に戻ると、ウェルナーが湯浴みをしろと催促してきた。私も帰ったらすぐ身体を洗いたいと思っていたけれど、ドレスに手をかけてきたウェルナーの勢いは、病的と言っていいと思う。

「俺が洗います」

そして、いつも湯浴みのときに仕切っているカーテンを当然のように開いてきたウェルナーを前に、とうとう私は閉口した。

「俺が洗います」

ウェルナーが繰り返す。「犬になったつもりはないんだけど」と返せば、「犬の姫様も美しいでしょうね」と返された。

話が通じているのか通じていないのか。

「一人で洗えるってこと」

「手の届かない場所があるでしょう。姫様にも限界はあります。ここと か」

すっとウェルナーが指先で背骨を撫でてきた。

あてつけかと感じたが、どうもそんな気はないらしい。

至って真面目に私では洗いづらい場所を指摘しているようだ。

そして、ウェルナーに引く気がないことも、よく分かった。

こうなるともう、私が折れるしか無い。

「どうぞ」と好きにさせると、彼は柔らかな綿布で石鹸を泡立て、優しく私の身体を洗い始める。

「私は何をすればいいの」

「俺の好きにさせていただければ」

ウェルナーは平然と言う。人の足をべろべろ舐めて興奮するのに、いやらしさを感じない。

ルカが抱きしめてきたときは、勿論《もちろん》私は服を着ていて、行為自体は挨拶にも該当するものだった。

でも、吐きそうになった。気持ち悪くて、たまらなかった。

ウェルナーは、こうして湯浴みに突撃してきて、なにより強制的に身体を洗ってくるのに、嫌悪はない。柔らかい泡が滑っていくのはここちよく、ウェルナーの大きな手の温もりが、綿布を超えて伝わってくる。

「痛くないですか」

「大丈夫、もう少し強くていい」

「こうですか」

「もう少し」

ウェルナーが僅《わず》かに手に力を込めた。

腕足、お腹、胸と移っていき、とうとう首に触れられる。

彼も私を誰かと同一化して、殺した。でも、ウェルナーに対して憎悪を抱かないのは、私を殺した時点でウェルナーは私について何も知らなかったからかもしれない。私を殺したが蹂躙《じゅうりん》することはせず、冥闇《めいあん》の中もがいて、しがみついたのが私の首だったのではないかとすら思う。

「……姫様の憂いが全て失われたときが楽しみです」

「あっそ」

うっとりと熱を帯びた眼差しが向けられ、私はそのまま見返した。

前の人生で家族が死に、私に悪意のない目を向けてきたのは、私を殺す寸前のウェルナーだけだった。だからか、ウェルナーがどんな眼差しであろうと、気持ち悪さがない。

「ねぇ、今私のこと抱きしめてみて」

私は今、泡だらけだ。ウェルナーはシャツを着ている。洗った意味が無くなるし、ウェルナーは泡で汚れる。なのに彼は「はい」と私を抱きしめた。ぎゅっと、力強く逞《たくま》しい腕が背中に回る。

嫌悪感はない。そして、ルカに抱きしめられた蛆のような気持ち悪さが完全に消えている。

——俺で良いはずです。

「でなければ、だめ」

「……？」

呟くと、ウェルナーが首をひねった。何でも無いと、私は首を横にふる。

「こんな命令、断ればいいのに」

「なぜ？」

即座に問われた。忠誠心が高いのか低いのか分からない。

私は彼に抱きしめられながら、大きく息を吐いた。

「私が死んだら」

「はい」

「貴方は誰とも結婚しないで」

横暴な命令だとは分かっている。なのにウェルナーは「はい」と、丁寧に返事をした。「当然です」とか、「ありえません」とか、そういう言葉よりずっと信じられる響きだった。

「……恋や愛に惑わされ、私について話して、ファタール家の家族のこと話されたら困るから」

「はい」

「あと、もう浴場に入ってこないで」

「なぜですか」

そこは反発してくるのか。

私は少し苦笑して、彼に身体を洗ってもらった。

私が湯浴みをしたあと、そのままウェルナーに湯浴みをするよう命じた。私のせいで彼が泡だらけになってしまったからだ。彼は私が入っていた浴槽をじっと見つめ、無言ですくおうとしたため、「絶対に飲まないで」とも命じることになった。

そうして、従者に振り回されながらも王妃毒殺の準備をし――秋も半《なか》ばに差し迫った頃のこと。

私はファタール家の広間で、家族と一緒に朝食をとっていた。

「お兄様、パンにサラダを挟んで手づかみで食べるのはやめてって言ってるでしょう」

エルビナが、ディオンに注意する。

「でもこれが一番効率がいいって、騎士団で流行ってるんだよ」

「ウェルナーを見習ったらどうなの？　公爵家の従僕として……いや、公爵令息のお兄様よりずっと綺麗な所作じゃない！　お兄様のマナーがなってないって分かって、騎士団退団させられるわよ。秋のパーティーは開かれなかったけど、晩餐会の招待なんていつくるか分からないんだから」

エルビナはトマトソテーにナイフを入れた。

とうのウェルナーは、私の隣でせっせとパンを切り分けていた。ウェルナーは私の従僕として屋敷にやってきたけれど、食卓の席にウェルナーがいることが当たり前になりつつある。

家族と、人殺し。

なんとも物騒だが、朝食の席は平和と穏やかさで包まれているような空気感だ。

こういう時間がずっと続いていて欲しい。

母に視線を向けると、母もエルビナたちを見て笑っていた。

「昨日、隣国の皇帝が金を買い集めるって宣言したらしいけど、大きな晩餐会でもあるのかな」

しかし、ディオンが発した言葉に、私はフォークを落とした。大掛かりな金属音が、広間に響く。

「……昨日？　隣国の皇帝って死んで……新しい皇帝が金を集めるってこと？」

私は、おそるおそるディオンに問う。彼は「何いってんだロエル」と怪訝《けげん》な顔をした。

「隣国の皇帝は死んでないぞ？　金を買いたいってエディンピアに申し出てきたって宰相が言ってたし……誰かと間違えてるんじゃないのか？」


朝食を途中で切り上げ、私は城に急いだ。

王妃に至急話があると彼女の側近たちに訴えると、要求はすんなり通った。

隣国の皇帝が死んでいないのならば、金が高騰しているならば、王妃に集めるよう指南した銀の価値は絶対に上がらない。考えられる最悪の想定としては、王妃が私の失敗を利用して、国民の反発をすべて私に仕向けること。

宰相と結託し、国の金を私欲のために使った――なんて、流れを簡単に変えられてしまう。

そしてこの最悪の想定こそ、考えられるものの中で、最も起こりうる可能性の高いものだった。

「王妃様」

私はウェルナーを伴いながら謁見《えっけん》の前に入った。王妃は私を見て、口角を上げた。

「貴女、やってくれたわね」

「申し訳ございません……仕入れた情報に不手際が……」

いや、こんな凡庸《ぼんよう》な言い訳では王妃は納得しないはず。

しかし黙っていたところで、状況はなにも改善しない。

「そんなことどうでもいいのよ。小さな失敗なんて誰にでもあることだわ。問題はその後でしょう？」

王妃は座から降り、近づいてきた。

謁見《えっけん》の間で警備に当たっている騎士たちに緊張が走る。

「貴女の指示通り、金を集めたら……隣国エバーラストが高く買い取ってくれたわ。ありがとう！」

——隣国に金を贈る時、内情も調べられる。こんなにいいことないわ。

歌うように微笑む王妃に抱きしめられ、私は呆然とした。

「銀は、買ってないのですか……？」

「買ってないわよ？　でも、本当に直前のことでびっくりしたわ。銀より金のほうが価値が上がるから、なんて。しかもそこの従者に伝言させたでしょう？　従者を信じてるのかもしれないけれど、春に雇ったばかりの男を私のもとに寄越すなんて、褒められたことではないわ」

そう言われ、私はウェルナーに振り向く。彼は微笑みながらも、無感動に王妃を観察していた。

ウェルナーが、勝手に訂正した……？

「とりやめていた秋のパーティーを開いて、財政について発表しなくてはならないわね。貴女の望み通り、民の税も軽く出来るし……発表のときは私の側に居てちょうだい？」

宴《うたげ》のときに王族のそばにいることは、王族との強いつながりを示す。騎士団長でも宰相でも、なにかの候補者であれば、その役職に内定したことを示す、重要な立ち位置だ。

パーティーで王妃を殺すことが出来る。それも、私が王妃と近づくことをよく思わない人間が、私を殺そうとして、王妃を殺してしまった……なんて筋書きで。

「本当にありがとう。エディンピア王国に尽くしてくれて」

皮肉なことに、王妃は鉄格子越しに言った言葉と同じものを口にする。

曖昧《あいまい》に頷《うなず》きながら謁見《えっけん》の間を後にし、隣を歩くウェルナーをうかがい見た。

王妃に対しても、まるで虚空《こくう》を見るようだった。やがて彼がこちらの視線に気づく。

表情が、優しいものに変わった。

本当に、とても愚かで倒錯《とうさく》的な行為を所望しているとは思えないくらい誠実そうで、静かにこちらを侵略してくるような、恐ろしさの潜む笑顔だった。


「王妃に金を買えと伝えたのは何故？」

屋敷に戻ると、私は私室でウェルナーに問いかけた。彼は「え？」と戸惑った顔をする。

「金を買う計画……だったのではないですか？　姫様が王妃様に間違いを伝えている気がして、慌てて訂正に向かったのですが……申し訳ございません姫様……俺は間違いを犯したのですね……」

ウェルナーが当然のように言ってくるので困惑する。

「いや……間違いではなかったけれど……」

当初は銀を買わせる予定だった。王妃に勝手に会ったことなど、危機をウェルナーのおかげで脱した形なのに、感謝より先に違和感を覚えた。

今までウェルナーがこちらの指示に対して反発するなんていくらでもあった。

でも、仮に私が間違えていたとしても勝手に王妃に会いに行くなんてことをするだろうか。

ウェルナー見つめていると、彼は「大丈夫ですよ」と目を細めた。

「そんなに不安がらずとも、きっと秋のパーティーはうまくいきます」

「……別に不安なんてないけど」

「さようですか」

慈《いつく》しみの眼差しは曇《くも》りなき従僕のもの。

しかしその目の奥に潜む光は、支配者のそれだった。


中止としていた秋のパーティーが復活したことは、大々的に発表された。

王妃は、公爵令嬢に投資指南を受けたことは民に混乱をもたらす可能性がある……なんて、自分がすべての手柄を享受《きょうじゅ》することを、優しく真綿に包みながら私に説明した。

「エディンピアの繁栄のため尽くしてくれた同士たちに対する今までの非礼をお詫び致します」

秋のパーティー当日。ネリネとサフランに彩られた会場で、私は青紫のアシンメトリードレスを纏《まと》い、王妃の宣言に聞き入る招待客を眺めていた。

私のすぐ後ろにはウェルナーが立ち、王妃の話に聞き入ることなく周囲を警戒している。

ルカも今日の宴《うたげ》に参加しているが、ティラは不在だ。夏のパーティーの一件で、参加を禁じられたのだろう。王は相変わらず置物のように、王妃の後ろ、宴《うたげ》の時王が座る玉座で沈黙している。

かつて、母の夫となるかもしれなかった人。夏のパーティーは領地経営の関係で不参加だったが、今日のパーティーには参加している。母は王に視線を向けることはない。アグリ王妃を時折気にし、視線を向けているが、王妃は一向に母を見ない。視界に入れないよう徹しているようだ。

「では、今宵《こよい》のパーティー、どうぞ楽しんで」

王妃が悠然と微笑む。私は早速、毒を仕掛ける準備を初めた。


王妃はパーティーで葡萄《ぶどう》酒を嗜《たしな》む時、当然、毒を警戒する。

葡萄《ぶどう》酒も、グラスも、何もかも毒見役により検《あらた》められるのだ。

「なに、この葡萄《ぶどう》酒……」

しかし葡萄《ぶどう》酒を飲んですぐさま、王妃が顔を曇《くも》らせた。

「ねぇ、これ、ちゃんと確認したの？」

王妃が毒見役に問う。当然、今夜もきちんと仕事を全うした毒見役は頷《うなず》いた。

私はすかさず、「嗅がせることを目的とした毒の可能性が……」と王妃に声をかけた。王妃は毒見役を見る。完全に、毒見役の謀《たばか》りを疑ったらしい。

「もういい。薬師を呼んで。私は解毒薬を飲んでくるわ」

王妃がさっと立ち上がる。

毒見役がすかさずついていこうとするが、王妃は「近づかないで」と毒見役を睨《にら》んだ。私は、「自分が付き添います」と、不安そうな表情を浮かべながら王妃を支える。

「お加減はいかがですか……」

「なんだか、気分が悪いわ……」

王妃は顔を青ざめさせた。

私は王妃の肩を支えながら、周囲の護衛とともに王妃の私室に入った。護衛たちは王妃を部屋に運び届けると、薬師を呼びに行く。私が宴《うたげ》のときに王妃の側に控えていたことや、何度も王妃の元に通っていたことを知っているためか、それとも、同じ騎士団に所属している兄の信頼が影響してか、私が王妃を害さぬと信じているらしい。

ありがたい。

心の底から思い、私は顔色を悪くする王妃に振り向く。

「王妃様、あの、解毒薬は……」

「そこのクローゼットの奥よ……取ってくれる？」

王妃はぐったりとソファに身を預けた。私は瓶に入った解毒薬を取り、細工をして王妃に渡す。

「ありがとう」

王妃は焦った様子ですぐに瓶の中身を口にした。毒見役をすり抜けて危機に晒されることは、少なくとも最近はなかったのだろう。簡単に私が渡したものをのんでしまっている。

「本当に、貴女には尽くしてもらっ……」

王妃の手から、解毒薬の瓶が滑り落ちる。硝子《がらす》の砕けた音で、せっかく出ていった王妃の護衛たちが戻ってきてしまったら困ると、私は瓶を受け止めた。王妃は懸命に助けを呼ぼうとしているが、ひゅう、ひゅうと秋風が通り抜けるような音しか響かない。

「毒見役は王妃様を恐れ、感覚を失ってきているのを隠しているのでしょうね。でもまさか、酢の入った葡萄《ぶどう》酒にすら、気づけないなんて」

私は王妃の肩に触れた。

毒を操り、毒を警戒する女。毒を知っているからこそ、些細《ささい》な変化すら恐れる。

酢は消毒の作用があるから、最後に酢でワイングラスを磨くのはどうか——そんな私の提案を、給士は簡単に快諾した。味が変わるのではと懸念する給士もいたが、「王妃様が何者かに狙われているかもしれないのです」と言えば、首を縦にふるしかない。それに、王妃の毒見役が問題ないとすれば、誰だって葡萄《ぶどう》酒の味に問題ないと思うだろう。実際、味にそこまで差異はない。

けれど——毒を警戒し、日々解毒薬を飲むような女は違う。

あとは不安を煽るだけで簡単に落ちていく。

解毒薬と信じて、毒だって飲むだろう。

「貴女、まさか」

全てを悟った王妃が愕然《がくぜん》としていた。

「お察しの通りです」

「王妃の座を、国を、狙っ……」

毒には麻痺の作用も含まれている。辛いだろうに、よく喋る女だ。

「ああ、それは間違いです。私はそんな椅子に興味なんてありません。この国だって、いっそ滅んでしまえばいいとすら思っています。家族が大切だから、戦《いくさ》が起きると困るだけで……だからこそ、貴女に死んでほしい」

母を勝手に嫉《ねた》み、殺してしまう。だからその前に、殺す。

「今まで国のために、ありがとうございました……アグリ王妃様。地獄で待っているトラビス騎士団長と、レヴン宰相に、よろしくお伝えくださいませ」

王妃は、かっと目を見開いた。今まで自分の駒を降《くだ》していたのは私だったことに、ようやく気づいたのだろう。王妃は手足をばたつかせて苦しみ、ソファの上でもがいては身体をよじる。

もう頃合いだろう。どうせ喉《のど》は焼け、話すことなど出来ない。私は扉に向かって走り出し、「誰か来てください！」と悲痛な声を上げる。

「誰か！　誰か来てください！　王妃様がっ、王妃様がぁっ」

残酷な事柄を前に絶望する少女のように悲痛な面持ちで、私は助けを呼ぶ。

王妃の身を案じ、護衛や宰相がやってくる頃には時既に遅く、王妃は壮絶な死に顔を晒しながら、事切れていた。


毒見役の謀反《むほん》による王妃の死。私の復讐は、そんなふうに片付けられた。

前世で私の母に毒を盛っていた毒見役はパーティーの後すぐ投獄され、今日、王妃の側近だった

宰相により処刑された。

宰相は、王妃が毒見役を毒師として扱っていたことを知っていた。どんなに毒見役が無実を訴えたところで、信じることは絶対にしない。王妃が毒見役に殺された知らせは一気に広がり、国中が喪に服している。葬儀が決まるまでの間、黒服を纏《まと》う——という弔《とむら》いが臣民の間で広がり、私やウェルナーもそれに習い、ここ数日黒服を纏《まと》っていた
庭いじりを行う母もまた、黒服を纏《まと》っている。

ただ、園芸のときに使っているエプロンに黒はなく、白のエプロンを上から着ているけれど……

「お母様」

「ああ、ロエル、見て？　花が咲いたの。今年は周りに植える花を増やしたから、周りの栄養をたくさん吸い取って、こんなに鮮やかになったのよ」

母は朗らかに微笑むが、私は去年の花と比べることが出来ない。昨年は母が中庭の花の話をしても、どこか上の空だった。母が亡くなり、もっと話をしていればと、ずっと後悔をしていた。

「お母様」

「なあに」

「私、お母様のこと、家族のこと、大好きなの。大切なの」

家族が大切だった。

なのに私はルカやティラばかり見て、みすみす家族を失った。怖い未来からは遠ざかっているはずだ。その安堵《あんど》からか、不安からか、つい赦《ゆる》しを求めるように伝える。

母は、「私もよ。貴方たちのことだけが、大切なの」と微笑む。その眼差しは、王に向けていた無感動なものではない。

「お母様」

「なあに」

「王妃になりたかった？」

私は今まで、一度たりとも訊《たず》ねたことのない質問をした。

母は、今の王様についてなにも言わない。かつては将来の夫となる人だったのに。

私がルカを想っていた頃、私は母も同じように、こんなに切ない想いをしていたのかと勝手に思っていた。王妃になれなかった母は、父と出会い、私達を産んだ。

だからもう、現在の王に想うところはない——そうは思えど、母の弱い部分を抉ってしまいそうで、何も聞けなかった。

「どうしてそんなことを聞くの？　何かあったの？」

「なにも。ただ、気になって」

「……なりたいとも、なりたくないとも思わなかったわ。どうでも良かったから」

いつも笑みを絶やさない母が、興味がなさそうに首をひねった。

そして「私は自由に生きたかったから」と首をひねる。

「王妃になれば、好きなように政《まつり》を動かせる。ただの夫人でも、嫁ぎ先で……ファタール公爵家で、好きなように出来る。だからどうでも良かったわ。場所が変わろうと私は私だから。でも、王妃になっていれば貴女たちを産めなかったから、今は王妃になれなくて、良かったって思ってる」

母が王妃になりたかったか、それと同時に聞けなかった、もう一つの質問がある。

私はおそるおそる口にした。

「……私、王妃にならなくて、良かった？」

前の人生で母がどう思っていたか、ずっと気になっていた。母はややあって言う。

「……本当のことを言うとね、私は貴女に王妃になって欲しいと思ったことは、一度もないわ。ただただ、貴女の望むように生きて欲しい。それだけ」

「お母様……」

「私は、王妃になれなければ幸せはないって言う子を見ていたから、反対しなかった。それに、貴女を、自分の思い通りに支配してしまうのも怖かったし」

王妃になれなければ幸せはないって言う子……というのは、死んだアグリ王妃のことだろう。

アグリ王妃はあらゆる手段を使ってその座を勝ち取ったと言う。

しかし母は、王妃としての人生と、そうでない人生のふたつの選択肢があって、どちらも選べた。

世間が公爵夫人となった母を特別視することもうなずける。

母は思い詰めた様子で俯いた後、顔を歪めた。

いつもほがらかな表情をする母が、ここまで苦々しい表情をするのを初めてみた。

「私は貴女を支配したくない。でも、私、ルカくんには貴女を幸せに出来ないんじゃないかって、ずっと思っていた」

私は母に、ずっと王妃について聞けなかった。同じように、母も私に聞けないことがあったのか。

「そうだったんだ」と相槌《あいづち》をうってから、「大丈夫」と微笑む。

「私、お母様にそう言われるより前からずっと、王妃になることも、王子様と結婚することも、やめたいって思っていたから」

そう言うと、母はほっとしたように笑って、いつもどおりの母の雰囲気に戻る。

母は先程、「貴女を支配したくない」と言った。

「私もよ。貴方たちのことだけが、大切なの」とも。

母は私やディオン、エルビナに対してとても優しい目をする。けれど王に対しては無感動な目を向けていた。まるでウェルナーが私以外の第三者に向けるような眼差しだ。

母は誰かを支配したことがあって――いや、支配することが出来る。

それでいて、私達以外に興味がない。大切な家族――私達を支配することを恐れ、兄や妹が亡くなり、最後に毒殺されてしまった。一瞬だけ頭をよぎった結論は、妄想と変わりない。

なのに目の前で咲く宿命の花が妙に鮮やかで、私の血迷いに頷《うなず》くように、秋風で揺れていた。


母からの告白を受けた私は、その夜、ウェルナーを私室に呼んだ。

「ご褒美、どうするの？」

毒見役が死んだことで、一区切りがついた。彼は「こうして一緒に在ってくれるだけで、褒美をいただいているようなものですからね」と、自分の顎《あご》に指をあてる。

「思いつかないならお金になるけど」

「では……その唇を」

ウェルナーはおずおず言う。人の湯浴みに入ってきたり、足を舐めてくるくせに、口づけくらいで緊張するなんて。この男の感覚が分からない。

「ナイフで削いで渡せってこと？」

「違います。唇というのは……」

「分かってる」

私はウェルナーの襟を掴んで、口づけをした。

最近彼にされるがままであることが多い。足舐めは自分から進んですることなんて無理だけど、口づけくらいなら出来る。普段余裕そうなウェルナーは、大きく目を見開いた。

まるで初めて口づけをされたような反応だ。私も、今は初めてだけど。

「まさか姫様から授けていただけるとは……」

ウェルナーは、どこに視線を置いたら良いか分からないのか、視線を彷徨わせた。新鮮な反応に嗜虐心《しぎゃく》がわきそうになった。この男の倒錯《とうさく》性に引きずられているのかもしれない。

そのまま、ついじっと見つめる。

「貴方に殺される日も、近いのかしら」

改めて私はウェルナーに言う。彼は私をじっと見つめ、返事をしない。ただ窓の外の月が雲に隠れる寸前、「それはどうだか」と、支配者の声で呟いた。

それから翌日のこと。

宰相から登城の命が下った。広間には、いつもどおり置物のように玉座に座る王がいる。

宰相はかつて王妃が座していたそばに立っていた。その近くに、ルカが立つ。ティラは居ない。

宰相は、私を見据《す》え、重々しく口を開いた。

「国の安定のため、そして今は亡きアグリ王妃のため、ロエル・ファタール嬢には、ルカ王子と結婚していただきたく」

第五章　片思い仇肩代わり

冬のパーティーで、私とルカの婚約が発表されることになった。

「すまない……エディンピアの政《まつり》に、巻き込むことになってしまって……」

私は王子の婚約者として、連日城に向かうこととなった。

表向きは王妃教育だが、やっていることはルカと茶会をしたりパーティーのドレスを選んだりと、意義を感じないもの。現宰相が、私とルカの仲を深めようとしているのだろう。ひとまず長い間一緒にいさせれば、二人の仲は元通りになるに違いないという、ふざけた采配を感じる。

一方、現宰相の筋書きの上でこうした機会が儲けられているなんて気づきもしないルカは、ずっと浮かない顔で私と接していた。彼は私がレヴン前宰相に身売りしたと考え、私のことを、夢のために自分に尽くす女だと思いこんでいる。罪悪感に苛《さいな》まれて仕方がないのだ。

「大丈夫です。それに……こちらこそ申し訳ございません。殿下のお気持ちはティラ様にあるというのに……私が早々に宰相と結婚していれば……問題なく殿下はティラ様と……私のせいで」

「そんなことを言うな！　お前のせいじゃない。むしろ、俺はお前を巻き込んだことを……」

「殿下……」

くだらない。ルカの心がこちらに向くたびに、なんでこんな男のために過去の私は努めていたのだと、白けた気持ちになってくる。

「ロエル様。殿下……紅茶をお淹《い》れいたしました」

ウェルナーがティーセットを運んでくる。本来は侍女の仕事だが、自分が淹《い》れるとウェルナーが侍女を追いやってしまったようだ。

「ありがとう。ウェルナー」

微笑みながら紅茶を飲む。まさか、ルカに毒でも仕込んでいないだろうか。疑いたくなるものの、既に計画についてはウェルナーについて話してある。

『お前に最後の贈り物をしよう。自死封じだ。永遠の中で苦しめ』

かつてルカは私にそう言って、ティラは私の自死を封じた。騎士団長、宰相、そして王妃は、家族の命を奪う邪悪だから殺した。ルカとティラは私の家族、そして私を殺しているわけじゃない。

「でも、きっとティラ様は、私を恨むでしょうね……国を捨てて殿下の後を追ったのに、愛する殿下と結婚が出来ないだなんて……」

私は哀《かな》しそうに言う。ルカは気まずそうに俯いた。もう彼の心にティラは居ない。

そしてそのことはティラが一番良く分かっているはずだ。彼女には後がない。私を殺しにくるだろうが——私はその殺意すら支配し、捕食してみせる。

登城を終え、私は夏のパーティーのようにウェルナーを遠ざけ、中庭に一人で向かい隙を作った。ティラの部屋として用意された、城の北棟の一室からよく見えるベンチに座り、本を読む。

頁《ページ》をめくっていると、護衛も伴わずティラがやってきた。後ろ手にはナイフを隠し持っている。

哀れなことに、手は震えていた。それでは刺してもろくに致命傷を与えられないだろう。

「わざわざナイフで刺さずとも、私は王妃はティラ様が務めるべきだと思っておりますよ」

私は視線を向けずに言った。

「は？」

奇襲をしかけようとして、実は誘い込まれていたなんて思わぬティラは足を止める。

「隣国は日に日にその影響力を増している。友愛を語り侵略は行わないとしていますが、この国ではそれを利用して、隣国に奇襲をしかけようなんて考える者もいます。ただでさえ足並みが揃わない中、王妃の座を争うなんて馬鹿げています」

「ルカの愛を望まないと言うの？」

「はい。そして私は殿下のために後宮を設けることを進言しようと考えています」

「後宮……!?　その意味がわかってるの？」

ティラは取り乱した。婚約者のいる男に手を出す邪悪だが、他者と誰かを共有することには、忌《き》避感《ひかん》があるらしい。

どうやらルカを使い成り上がることを目的としているのではなく、彼自身に想いがあるようだ。

それはいいと私は口角を上げた。

「はい。王家の血を絶やすべきではありません。騎士団長は行方知れず。宰相は何者かに殺された。王妃様は毒見役に殺されてしまった。王家の血を分散させるべきです」

宰相は、私の意見にきっと同意する。なぜなら宰相はルカが、王にふさわしくないと考えているからだ。この国では継承順が重要視されるとはいえ、醜聞付きのティラとそんな女を選んだルカは、国の象徴となるものとして民からの反感があまりにも大きすぎる。

それに、無垢《むく》な赤子を思い通りに育てれば、自分の操り人形を王にすることが出来る。

「貴女、なんてことを言うの……ルカは駒じゃないわ」

「しかし、このままでは殿下の命どころか民の命も危険に晒すことになるのですよ。貴女自身にだって危険が迫る。人の命が関わっていることなのです」

後宮が設けられた暁《あかつき》には、輿入れした女たちを篭絡《ろうらく》する。

王の子を身ごもる女たちだ。国の中でも有数の家々の娘たちが設けられる。男を手懐ける手管《てくだ》を身に着けている女たちだろうが、もはや男も女も関係ない。全員手玉にとって、私の傀儡《くぐつ》にする。

「殿下の命を尊重するのか、彼の尊厳を尊重するのか、選んでください」

「……そんなの選べるわけないじゃない」

弱々しい反論だった。私は、毒を注ぐように言う。

「ならば殿下と共に、この国から出ていってください」

私の欲しいもの。私の大切な人が、平和に暮らすこと。

でも、民の敬意を集められない、それどころか反感を買いかねないルカの存在は、平和の邪魔。になる。だからティラとルカ、二人には国のためにと納得させ、公的には二人が王への謀反《むほん》を企《くわだ》てたと追放したい。他所の国で人質にでもされたらたまったものではないからだ。宰相も協力は惜しまないだろうが、表立って協力を要請することはしなかった。

きっと何も言わずとも、宰相は私の望むとおりに動くからだ。

そして数日の時が過ぎ、ぼんやり歩くティラが、宰相の手のものにより階段から突き飛ばされた瞬間、これが好機だと確信した。

「あぶないっ」

「え？」

宰相のものらしき間者は、私の声に驚き、すぐに姿をくらました。私はティラの腕をとっさに掴み、そのまま頭を抱える。背中に痛みを覚えながら階段を転がり落ちると、私の身体は落下の勢いのまま投げ出され、うつ伏せに倒れた。

「なんで、私なんかを庇うのよ……ねぇ、起きなさいよ。ねぇ」

ティラは私に自死を封じたが、殺そうとはしなかった。中庭でナイフを持っていたが、その手は震えていた。他人の命を奪う覚悟までは、持ち得ていないのかもしれない。

「い、癒やしの魔力を……光を……だっ、だれか、公爵令嬢が、だれか、来て」

ティラは愕然《がくぜん》としながら、私の身体に癒やしの力を注ぎ始めた。

肌を温かい力に包まれる感じがして、先程まで軋《きし》むほどの激痛を感じていた背中からすっと痛みがひいていく。私は頃合いかと、ゆっくり目を覚ましました。

「あ……ティラ様？」

私はティラを見上げた。「助けてくださったのですか」と力なく微笑むと、彼女は嫌そうな顔をしながら「どうして私のことなんか庇うの……」と、不貞腐《ふてくさ》れた声音で言った。

「貴女が貴重な力を持つ方だからです。しかしこのままだと、貴女、そして殿下の身が危険です」

「……」

「私は、平和だけを望んでいます。私たちは目的は違えど、協力しあえるはずです」

この国、ではない。私の大切な人の平和だ。

私はそれだけを望む。


「本当に大丈夫なのか？　寝ているだけで……」

階段から落ちた私は、王宮の一室に運ばれた。駆《か》けつけてきたルカが、心配そうに私を見る。後ろには暗い顔をしたウェルナーが壁沿いに立っている。

「大丈夫です。ティラ様が助けてくださいましたから……でも、人のいない場所でしたから、本当に危ないところでしたね……」

そう言うと、ルカはティラを一瞥《いちべつ》した。その瞳には疑いが滲《にじ》んでいる。私はあえて、宰相の手のものがティラを階段から落とそうとした事実を伏せ、ただ自分の不注意で落ちたと伝えた。

そばにはティラがいて、彼女は私を助けた。

ルカは、ティラが私を殺そうとしたが殺しきれず、他者に犯行を目撃されそうになり、慌てて私を助けるよう動いた——そう、疑うだろう。

前の人生では、ティラが些細《ささい》な怪我をするたび、私のせいにしていた。皮肉なことに今ルカは、ティラの些細《ささい》な所作ひとつひとつを、彼女を疑う材料にしてしまうのだろう。

「ありがとうございます、ティラ様。貴女は私の命の恩人です」

ティラに笑いかけると、ルカが拳を握りしめた。私はすかさず、声を潜める。

「しかし……私の不注意ではないと思うのです。どうやら何者かに、押されたような気がして」

私はルカへ上目遣いをしながら訴える。

「ルカ様、どうかお気をつけください。王妃様を毒殺したのは毒見役とされていましたが、宰相が襲われたこと、未だ行方の分からない騎士団長、エンディピアを狙う脅威が近づいているのかもしれません。私が狙われ、次は陛下か、もしくは」

そう言って、私は黙る。

ルカはティラを犯人だと思っているからか、自分へ脅威が迫ってるなんて微塵《みじん》も思っていない顔で、「大丈夫だ」と頷《うなず》いた。

「ロエル。お前のことは絶対に守る。そしてティラ、話がある」

ルカはそう言い残すと、ティラを連れ部屋を出ようとした。どうやらティラに私のことを問い詰める気らしい。私は「お待ち下さい」と止めた。

「まだ、治癒が途中で」

「……頼んだぞ」

ルカはウェルナーを一瞥《いちべつ》し、部屋を出た。ティラは私に向き直り、表情を硬くした。

「前の話、本当に出来るの？　私はルカと二人で、この国を出るなんて」

「はい。どうか、この国の平和のために、お力をお貸しください。ティラ様」

私は乞《こ》う。ティラはしばし私を見つめ、頷《うなず》いた。

「その言葉、信じるわ」

信じる必要なんて無い。

私はただ、貴女に消えて欲しいだけなのだから。


「怪我をしてまであの女を計画に協力させる必要はなかったのでは」

城から自室に帰った途端、ウェルナーの小言が始まった。

「怪我でもしなきゃあの女は私を信じないから」

「しかし、あまりに危険です。怪我をして信用させようなんて……」

「自分だって避けられたのに鉢植えにぶつかったりしたでしょう」

「関係ないです。それとこれは」

きっぱり言われ、私は面食らった。同じようなことのはずだ。ウェルナーだって、兄を守るために怪我をした。あれだって、当たりが悪ければ死ぬところだったのに。

「変なところで反抗しないで」

ウェルナーは私をじっと見て、何も言わない。

「……キスしたら機嫌治る？」

「そういう問題ではないです」

「じゃあしないの？」

「しますよ」

そう言ってウェルナーは私を強引に抱きしめ、口づけてきた。私はそのまま、彼の背中に腕を回した。身体を許《ゆる》し、互いを懐柔し合う関係に訪《おとず》れるのは破滅だ。戯曲《ぎきょく》でもなんでも、良い結末であったことなんて一度もなかった。自分とウェルナーの関係は何なのだろうと、こうして触れられる度に思う。主人と従僕、支配者と配下、捕食者と被食者、加虐舎と被虐者……他にも思いついた関係があるけど、口に出す気は無い。

「姫様の身体、温かいですね。嬉しいです……前は冷たかったのに」

「貴方の体温が移ったんじゃないの」

私は体温が低い。エルビナやディオンが冬の私にぶつかると、「ぎゃっ」と悲鳴を上げた後で、心配するくらいだ。小さい頃、母は私を常時毛布で包んでおくか悩んでいたらしい。

「……殿下ともこういうふれあいをなさったのですか」

ウェルナーがこちらの心を見透かすように聞く。婚約者であった頃のことを問いかけているのだろう。十五歳を迎えるまで、私はルカと仲睦まじい婚約者同士だった。

「ない」

前の人生では、第三者の蹂躙《じゅうりん》の手だけ。故に男の身体が嫌いだ。

なのにウェルナーに触れられるたびに、あの記憶から解放されていくような気がする。

前にウェルナーは穢《けが》れを取ろうと私を舐めた。ウェルナーに触れられる度あの記憶から遠ざかるならば、浄化というものは本当にあるのかもしれない。

「もっと強く抱きしめていい。壊れるくらいでも、許せる」

私はウェルナーの肩に自分の額をうずめる。しかし反抗的な従者は、優しく私を抱きしめた。

ティラが故郷に帰る気持ちを固めた今、あとはルカを落とすだけ。そのため、ウェルナーには数日の暇《いとま》を与え、ルカと二人で中庭を散歩することにした。遠くでは、王子の護衛が待機している。ただ、宰相から私達の邪魔をしないよう命じられているのだろう。距離は離れていた。

「怪我の具合はどうだ？」

「ティラ様のおかげで、本当に、傷一つなく済みました」

その言葉に、ルカは表情を曇《くも》らせた。ティラへの疑いが強いのだろう。

「あの護衛はどうした？」

ルカが周りを見た。「今日はしばしの休みを」と、私は中庭の花々に触れる。

「あの護衛とは随分親しそうだったが、俺が留学している間に雇ったのか？　前は見たことがなかったが……」

「はい」

本当は帰国直前だが話すと長くなる。これから大切な話をしなくてはならないのに。

「……私、昨日はああ申し上げましたが、ティラ様が私を突き落としたと、思うのです」

「……」

前なら、絶対にそんなはずはないと言っていただろう。バルコニーのときだって、どこか怒ったような顔だったのだから。しかしルカは私の言葉に確信を深めた様子で、表情をこわばらせた。

「ティラ様が、私を邪魔に思うのは、理解できます。殿下を慕《した》い結婚するつもりで国へ来たのに、聖なる力を持っているにも関わらず歓迎されず、私という婚約者がいたのですから。故郷から離れて、不安もあるでしょうし……」

「しかし、お前の命を奪っていい理由にはならないだろう」

責めるような口調だ。昨日のウェルナーと同じような勢いだが、ルカの心配には嫌悪を抱く。ウェルナーは私を殺した。ルカは私に自死を封じさせた。事実だけで判断するなら、ウェルナーの行いのほうが邪悪なはずなのに。

「……それでも、理解できます。それに私が今一番心配なのは、自分の身体ではなく……貴方です」

「俺を？」

ルカが、目を見開く。

「毒見役が王妃様を殺したのは、なにかで揉めたからなんて、動機が曖昧《あいまい》なまま宰相に投獄されて、そのまま殺されてしまった。変だと思いませんか？　毒見役が毒を使って殺すなんて、あからさますぎる。そして、もともといたレヴン宰相は暴漢に襲われて亡くなった。レヴン宰相と共に政《まつり》に関わっていたトラビス騎士団長は、慣れ親しんだ谷で行方知れずになったのです……今政を握っているのは……」

私は決定的な言葉を口にせず、黙った。ルカが勝手に見当をつける。

「今の、宰相……」

「……私を殺そうとしたのは、ティラ様です。しかし、その危機とは別に、何者かがルカ殿下の命を狙っている可能性がございます。宰相は、着々と王族を手にかけています。ルカ様のお父上であられる陛下を狙わないのは不自然ですが……」

「父は……元々政《まつり》に積極的ではなかった。王の後ろで、エディンピアを支配するつもりか……？」

疑いの種が、どんどん芽吹いていく。「しかしどうすれば……」と、ルカは悔しげに手のひらを握りしめた。ここで打倒宰相と動かれたらたまったものではない。

「ティラ様と共に逃げるのです。ルカ」

私はあえて呼び捨てにした。彼は信じられないといった顔つきで私を見返す。

「な、何を言っているんだロエル。俺にあの女と逃げろと？　お前を置いて？　あの女はお前を殺そうとしたんだぞ」

「しかし、ティラ様の故郷であれば、ルカは安全に暮らせます。それに、私自身の危険も遠ざけることができます。ティラ様は私を殺そうとしている。宰相はルカを殺そうとしているのですから」

「それなら、俺と一緒に逃げればいいじゃないか」

「出来ません。私は優しい国の下地を作ります。貴方との約束を果たします。だからどうかお逃げください。宰相が王と結託しているにせよ、王を狙っているにせよ、貴方を狙うことは明白です」

そう言って、私はルカを押した。

「貴方が行かない限り、私は王子の婚約者として、狙われ続けます。ティラからも、きっと宰相からも狙われるでしょう。けれど、貴方がティラと行ってくれたなら、私は大丈夫になります」

「違う、俺が愛しているのは……本当に愛しているのは……」

「言わないでください」

私はルカに微笑む。

「私も、同じ気持ちだったらと思っていました。もうそれだけで私は生きていけます。貴方と一生会えずとも、この国のために尽くす事ができます」

「ロエル……」

ルカが近づいてきた。抱きしめられるのが正解だが、私は首を横にふる。

「護衛が見ております。それに、普通にしていないと……これからの計画に差し障ります」

そう言って、健気な女を演じる。結末は完全に決まった。

ルカとティラを城の外に手引きすることは、簡単だった。なにせ王城で警備に当たっている騎士団は、兄を慕《した》い、私が献身的な女を演じたことで、いとも容易く内情を漏らしてしまう。どの時間に警備が薄くなるかも、聞くまでもなくこちらに流れていた。

ティラはルカを守るために、ルカは私を守るために国を捨てる。

二人は報われないまま排除されていくのだ。

「さようなら、ルカ様、ティラ様、どうかお元気で」

私は北の峠《とうげ》で、小舟に乗る二人に声をかける。

二人は神妙な面持ちで頷《うなず》き、小舟に乗りこむ。ルカがなにか言いたげにこちらへ振り返るが、ウェルナーに「お元気で」と遮《さえぎ》られ、複雑そうに俯いた。やがて小舟が波に揺られ、朝日に向かって流れていく。

ティラの故郷である国は、隣国エバーラストを越えた向こう……遥か遠くにあるらしい。小舟でたどり着けるか危ういほどだ。もう会うことはないだろう。

勝手に勝負を始めた気になっていた、愚かな娘。一生絵空事《えそらごと》のなかで負け続けろ。

勝手に私を母親と同化させ、裏切った愚かな男。一生国の手のひらの上で踊れ。

これから私は、国の立て直しに動かなければいけない。やることは多い。なにせ、聖女と王子が、王位継承する責任に耐えきれず逃亡したと、王城は騒ぎになるのだから。隣国に情報が流れてしまえば、あっという間に攻め入られる。口封じに動き、宰相と協力しなければいけない。

「妬《や》けますね。あの男、完全に姫さまが自分を愛していると思いこんでいましたよ」

「そう仕向けたもの」

北の峠《とうげ》の帰り道、私は少し考える時間が欲しいと御者にお願いをして、途中で降ろしてもらった。

周りは一面真っ白な雪が広がり、隙間を縫うように水色の花が咲いている。角度を変えるだけで蝋《ろう》燭《そく》の火を灯しているに見える花々は、今宵《こよい》の弔《とむら》い支度をしているようだ。

私は、持ってきていた指輪を外し、花が散る中心へと放った。ルカと婚約が決まったとき、渡されていたものだ。流石に売るわけにはいかなかったけど、持っていることは不愉快だった。銀の輪が弧を描き堕ちていく。その瞬間ざあっと大きな風がふき、私とウェルナーを包むように水色の花々が舞った。

「これからどうするのですか」

「忌々しいけれど、国の立て直しに奔走するしかないわね。家族のためだもの」

なんだかとても満たされたような、それでいて空虚な気持ちだ。少し疲れた。眠りたい。ため息を吐くと彼はさり気なく私の隣に立つ。

「国を手に入れるのは、望みではないのですか」

「いらないわ、国なんて。地位も名誉も、ほしくない。私は……自分の大切な人が幸せに過ごせればいいだけだから」

私はそのまま彼に身体を預ける。白い花と雪が、静かに降る。冬はこんなにも美しいのかと思う。きっとこれから、こんなに穏やかな時間を過ごすことはできなくなるだろう。

そのまましばらく、ウェルナーと景色を眺めた。


宰相には、ルカとティラは駆《か》け落ちしたと伝えた。そして、下手に他国に人質として捕らえられても困るからと、他の者には「ティラが謀反《むほん》を起こし追放した」と伝えるよう進言した。

宰相にとっては、願ったり叶ったりな話だ。邪魔なルカとティラが自ら消えたのだから。しかし、簡単に話は終わらない。今後王家の血筋はどうするのか。それとも新たに王の妃を選ぶのか。相変わらず王は置物で、動くとしたら亡き王妃の忠臣である宰相だ。

ティラ追放は、いくらでも理由が作れる。しかしルカはどうするか。追放にもそれなりの理由がなければ出来ない。宰相は悩む。私はただ、付け入るだけだった。

『ルカ王子はティラに誑《たぶら》かされ、殺されたことにしましょう。騎士団長の行方不明も、前の宰相が殺されたのも、王妃様を殺したのも、皆ティラということにしましょう。ティラが癒やしの力が使えるのなら、誘惑の力を使えると後付けしても、そこまで怪しまれないでしょう。ルカ王子は操られてしまっていた。しかし、国に帰り少しずつ正気を取り戻した。故にティラに殺された。ああ、ティラは癒やしの力を持つのですから、処刑が出来なかった。だから追放するしかない……理由が上手く出来ましたね。そして、私は王子の子を孕んでいる……そういうことにして、切り抜けるしかありません』

前の人生ではとても声に出来なかった偽りも、歌うように口にできた。

王妃の死の間際、王妃は私に目をかけていた。それが効いたのだろう。宰相は、私の策に頷《うなず》いた。

私が王を相手に子供を作る。

ウェルナーのいない広間で、宰相と王と、三人で決めた。怪しまれても困るため、夜伽《よとぎ》の時期は慎重に決めることとなり、私は十日後、王の寝室に向かうこととなった。

「姫様……好きです。姫様……」

そして、表向き復讐がすべて終わったことで、ウェルナーは毎夜私のもとを訪《おとず》れ、褒美を求めるようになった。嬉しそうに私の太ももを舐めている。ウェルナーは十日後、私が王に抱かれることを知らない。言ったら私が傷つくと怒るだろうが、蹂躙《じゅうりん》の日々に比べれば、何も問題ない。国が傾き、戦《いくさ》によって家族の身が危険に晒されるくらいなら、私の身体は誰にだって貸す。肉くらいいくらでも食わせる。相手の骨が断てるならば。

「ウェルナー、楽しい？」

「幸せです。姫様は？」

「普通」

足を舐められて幸せを感じるなんてありえないが、それはそれとして、ウェルナーとこうしている時間は嫌いじゃなかった。狂っているのだろうかと前は自問自答していたが、今ははっきりと分かる。私は狂っている。

「……私もウェルナーを舐めてみようかな」

「いけません！　絶対に駄目です」

「人にされて嫌なことしてるってこと？」

「いえ……姫様にそんなことをさせたら、罰が下ります。俺はもともと、拭《ぬぐ》えぬ罪を犯しながらも姫様に幸福を与えられている身の上です。許されません」

「許されないことなんて、いくらでもしてきたでしょ」

私はウェルナーを押し倒すようにして抱きしめた。蹂躙《じゅうりん》された記憶はまだ残ってる。もう、清廉《せいれん》な娘でなんていられない。なのに、『最初』は、ウェルナーが良かった。

「私にもご褒美……ちょうだい」

眠るたびに、悪夢を見ていた。

兄が消え、妹が消え、母が弱っていく姿。

朝起きるたびに家族が生きていることに安堵《あんど》して、復讐の日々に戻っていく。

どんどん事態は良くなっている。望むものなんてなにもないのに、何もしらぬ家族の笑顔を見て、私は皆と一緒にいる資格があるのだろうかと、どうしようもなく苦しくなった。

だからか、最近は眠りにつくのも億劫だったのに、いつの間にか眠っていたらしい。ふと目を覚ますとまだ夜で、同じ寝台で横になっていたウェルナーがじっとこちらを見つめていた。

「私、寝てたの?」

「はい」

「その間、ずっと私を見てたの?」

「はい。息が止まったら大変なので」

ウェルナーは瞬きひとつせず言う。流石に今まで瞬きせず見続けていたわけではないだろうが、この男は本当にしそうだった。

「ああそう」

私はやや呆《あき》れながら、逞《たくま》しい腕に触れた。なんとなく、そこから這《は》うようにして、ウェルナーの頬を舐めた。

「どうなさったのですか」

「ウェルナーの幸せな気持ちが分かるかなって」

「俺の気持ちは、知っていてほしくないです。醜《みにく》いので」

「じゃあその醜《みにく》さ、全部もらってあげる」

私はウェルナーを抱きしめた。ウェルナーは何も言わず抱きしめ返してくれる。穏やかな微睡《まどろ》みに身を投じながら、彼に甘える。そばにウェルナーがいたからか、悪夢を見ることはなかった。

こんな国、滅んでしまえと思う。でも国には家族がいて、それぞれの暮らしがある。家族が生きているうちは、平和でなくてはいけない。途方も無い話だが、王妃たちを殺したのは私だからだ。

絡む因果に辟易としながら目覚めた朝、私は屋敷の廊下を歩いていた。その途中で、金の杯が陽光を受け輝いている。ウェルナーの杯だ。

先日、ディオンのすすめでウェルナーが伝統ある剣術の大会に出た。最優秀の騎士として名前が刻まれた金の杯を王から直々に賜ったが、その夜、彼は「ご褒美ください」と、杯を放り投げ延々と私の身体を撫で回した。私の部屋に置くのもな……と廊下に私が置いたのだ。

——普通の女を捕まえて、幸せになれそうなものなのに。

ぼんやり考えていると、広間が赤と緑の装飾が施《ほどこ》されていることに気づいた。今日は非番らしいディオンが、軽やかな足取りで大きな樅《もみ》の木を運んでくる。

「もう聖夜祭の準備なんてしてるの？」

年末に、エディンピアでは聖夜祭と呼ばれる祝祭が開かれる。

神が生まれたことを祝うのだ。とはいえ、ことさら信心深い家系でもない限り、ケーキや肉のローストを食べ、家族で過ごす日だ。母の家系はもともと信仰心が強いはずだが、母に至ってはごちそうをたくさん作る日ね」と、神に祈りすら捧げようとしない。

「母さんやお前たちに樅《もみ》の木なんて運ばせられないからな！　危なくて仕方ないし！」

得意げに兄が笑う。

しかしすぐに別の部屋から「ねぇ！　窓割れてるんだけど！　樅《もみ》の木の葉っぱ！　樅《もみ》の木突っ込んだの誰よ！」と、エルビナの絶叫が聞こえた。

「ほら、運んでいたのがお前たちだったら危ないだろ。樅《もみ》の木運びは命の危険を伴う大事な作業なんだ」

「兄さん……」

先程の軽やかな足取りが原因だったんじゃないのか。思わず呆《あき》れそうになっていると、母がディオンを呼ぶ声が響く。

「今行く！」

ディオンはどさっと樅《もみ》の木を置くと、そのまま行ってしまった。広間に中途半端に樅《もみ》の木が置き去りにされている。

これは危ないんじゃないか。私は心配になり樅《もみ》の木を持ち上げようとするが、上手くいかない。

「お待ち下さい。俺が運びます」

すっと、横からウェルナーが現れた。

彼は軽々と樅《もみ》の木を持ち上げる。

「どこに置けば？」

「その、壁沿いのところ……」

私は毎年樅《もみ》の木を飾っている場所を指した。そばには樅《もみ》の木を飾り付ける装飾の入った箱が置いてある。

彼は箱の横に樅《もみ》の木を置いた。

「この辺りでいいですか？」

「うん。ありがとう……家のことは終わった？」

「はい。万事滞り無く済んでおります。後はもう、姫様が復讐を終えるだけです」

「物騒なこと広間で言わないで」

私は箱の中の装飾を手に取り、ウェルナーに渡した。

「なんです？」

「いつも家族で飾り付けしてるの、ウェルナーも手伝って」

「よいのですか？」

「嫌ならやらなくていいけど」

「やります」

ウェルナーは装飾を樅《もみ》の木の高いところにくくりつける。ディオンはそれほど背が高くないし、今年はまんべんなく樅《もみ》の木の飾り付けが出来るだろう。

前の人生は、ルカのことがあって気もそぞろだった。ディオン、エルビナ、母が死に、私は牢に入った。こうして聖夜祭を迎えることすら出来なかった。

私の知らない冬が始まろうとしている。樅《もみ》の木を飾り付けるウェルナーを眺めながら覚悟を決めていると、後ろで「あーっ」と声が響く。

「私もやりたい！」

エルビナだ。

彼女はさっとこちらに走ってくると、装飾を両手に抱えた。

「エルビナは飾るの好きだね」

「もちろん！　聖夜祭に関わることは全部好きよ。ごちそうが食べられるし！」

彼女は飾り付けながら無邪気に笑う。私もつられて笑った。

やがて母の手伝いに向かっていたらしい兄が、大きな鹿の置物を抱えて広間に戻ってくる。

「あれ、もう飾り付けしてるのか？　俺もやりたい」

「嫌よ兄さんの飾り付け、絶望的にセンスないもの」

エルビナがうんざりした顔をする。

ディオンは「なんだよ、最高だろ？」と反論しながら、どん、と鹿の置物をソファの横に置いた。

「だって、黒黄色黒黄色黒黄色って、目がおかしくなる色ばっかり使うじゃない。限度を知らない」

「蜂の色だぞ？　強いぞって警告も出来ていいだろ！」

「樅《もみ》の木で警告してどうするのよ！　もう！」

二人の問答が始まった。

本当に変わらない。眺めていると、丸い硝子《がらす》の瓶を抱えた母が、「また喧嘩して……」と、私と同じように微笑みながら広間に入ってきた。

瓶の中には、ラムや蜂蜜につかった干し葡萄《ぶどう》や林檎《りんご》、胡桃やアーモンドが揺れている。聖夜祭で焼くケーキの材料だ。隣国では、ふわふわに焼いたスポンジにクリームを重ねたりしたものを聖夜祭のケーキとしているらしい。

本当はお酒を強めに効かせるらしいが、母も兄も妹も私も、お酒の香りがあまり好きではない。だから、ラムはほんの少し。蜂蜜は多めで、甘すぎないようにスパイスも多めだ。

食べるのは一瞬だけど、果物を漬けたりするから、ケーキが完成するまで一ヶ月ほどかかる。

小さい頃母が果物を漬けるのを見ると、ディオンもエルビナも「もうケーキ作って」と、母におねだりしていた。今でこそもうそんな我儘は言わないけれど、ディオンもエルビナも果物を漬けた瓶をちらちらうかがっている。

「作らないわよ。きちんと準備して、完成したものを食べてもらうんだから」

ふふふ、と母は二人の思惑を見透かすように先手をうった。

穏やかな団欒《だんらん》に、張り詰めていた緊張の糸が緩みそうになる。

いつまでもこんな時間が続くと信じることは愚かだけど、それでも、続いて欲しい。

私はウェルナーを見る。

「ねぇ」

「なんです」

「貴方も一緒に、聖夜祭祝う？」

私はなんとなく、ウェルナーに問いかけた。

「貴女が望んでくださるなら、喜んで」

彼は笑う。優しい笑みで。

◆

思い返せばすべてが順調に行き過ぎていた。

前の人生を考えると、まるで神がかった采配により、守られているみたいに。

けれど、この世界に神様なんて存在しない。でなければ邪悪がはびこり、兄も妹も母も死ぬことはなかった。神様がいるとするならば、それは清い信徒が崇拝するものではなく、面白半分で邪悪の味方をするような醜《みにく》いものだ。時間が巻き戻ったからか、二週目の人生を歩んだからか、どちらとも分からぬ始まりの中で、きちんとそう思い直していたはずなのに。

「隣国エバーラストから通達だ。レヴン前宰相が企《くわだ》てていた隣国への計略が、漏れていたらしい。同盟を組み、そしてある条件をのまなければ、武力行使も辞さない……と」

ウェルナーと共に朝を向かえた当日、屋敷に馬車が停まった。王の遣いだった。事情が分からぬまま、王命により呼び出された果てに聞いたのは、世界で一番穏やかな侵略宣言だった。

私が招いた破滅の恩恵は、家族だけが享受《きょうじゅ》する――そんなはず、なかったのに。

騎士団長が谷で姿を消した。新しくディオンが騎士団長代理となった騎士団は、前より強化されたが、宰相は己の悪行を晒した果てに命ごと失脚した。王妃は毒殺され、王子は国の宝であった女に殺された。本来この国を統べるはずの傍観者が、玉座に座っている。

国全体が弱っている。そこへ、自国への奇襲作戦なんて情報を入手すれば、戦《いくさ》を好まぬ隣国とて攻め入らない理由はない。

「同盟を組んだところで、この国はもう終わりだ。エバーラストはこの秋、我が国から買った金を元に、さらに交易で力をつけ、影響力を増している。夏前ならまだしも、秋からその力は圧倒的なものとなっていった。どうしたって勝てない。数年経てば、地図からエディンピアの名は消え、エバーラストの一部として描かれるだろう」

王は静かに告げる。一族が失われる瞬間を眺めていた代償にしては、あまりにも大きな罰だろう。

しかし、騎士団長、宰相、そして自分の妻である王妃――その三人を止められたのは、この国の王ただ一人だけだった。

王は、気づかなかったのだろうか。自分の周囲が、悪逆に身を落としていることに。

騎士団長はディオンを殺さずとも、生きていけたはずだ。宰相は娼館を営まず、エルビナを殺さずとも生きていけたはずだ。すでに別の人生を歩む母を追いかけ殺さずとも、王妃は生きていけたはずなのだ。一言、そんなことはやめなさいと言うだけで良かった。絶対に。

だからなのか、憔悴《しょうすい》しきった王に対して同情するより、自分自身の周囲への心配が勝った。この状況を招いたのは、他でもない私なのに。

ディオン、エルビナ、母……ウェルナーのこれからは。

周囲の人間を一人ずつ失った王の悲しみに寄り添う暇なんて、微塵《みじん》もなかった。そして、私が憎んだ捕食者たちも、同じような考えだったのだと理解した。自分さえ良ければそれでいい。相手のことなんてどうでもいい。

好きなように、自分の人生を豊かに。相手がどう思うかどころか、相手すらどうでもいいのだ。優先順位なんて、とうになかった。利用できたらなんでも良かった。ただそれだけだったのだ。捕食者にとって、他者の命の価値なんてものは。

「それで、条件とは」

「……公爵令嬢ロエル・ファタールの引き渡し、そして先方の国の侯爵との結婚だ」

最終章　終の住処

宰相の隣国奇襲作戦計画は、王妃あたりが持っていると踏んでいたが、誤算だった。城にはこの国に不満を持つ者だって当然居る。そのうちの誰かが流したのだろう。鳥が種を運ぶ、という話がある。鳥が実を食べ、その種をのみこんで別の地方へ運ぶのだ。そうして見慣れぬ花が思わぬ場所で咲くこともある。元々その地にないものが、気候や土も異なる場所で咲くのは奇跡的なことだが、奇襲作戦の計画案なんて運ばれれば、どんな場所、どんな状況だろうと戦《いくさ》のきっかけになる。

ようするに、隣国エバーラストの目的というのは、隣の弱国が良からぬことを企《くわだ》てていたので、早々に潰しておこう……というものだった。

その上で作物も人も温存した上で侵略したいらしい。あまりにも効率的な話である。

私と侯爵の結婚については、この国の王族の血を断やすためだろう。どうやら宰相と王との三人で決めた『秘密』が、歪んだ形で隣国に伝わっていたようだ。おそらく私は隣国で堕胎薬《だたいやく》飲まされるだろうが、万が一、というのもある。王そっくりの子供が生まれれば、反乱軍の起爆剤になりかねない。

実際には子供が出来て、生まれるとしてもウェルナーの容姿を引き継ぐだろうが、当然あちらはそれを知らない。

向こうの侯爵はおそらく、政治的に役に立たない負債のような男のはずだ。同盟国の公爵家の面目を、潰さないための「侯爵」という位置づけだが、有能であればそれもまた内乱分子になりかねない。私に籠絡《ろうらく》されたら、という懸念だってあるだろう。

先方からすれば、私が悪意を持って国を陥《おとし》れていたことなんて知らないのだから。

「お母様、お兄様、エルビナとは引き離されると覚悟していましたけれど……」

私は荷造りをする家族に声をかける。

隣国に行く覚悟は決まっていた。というか、行くほかないのだから。

ファタール公爵家の全員が、隣国の本土に住むこと。戦火を避ける条件には、続きがあったのだ。国のみならず、私に対しても、その在り方に対する圧をかけてきている。自国に渡り不出来な侯爵と結婚させてもなお弱体化を狙う。あまりの徹底ぶりだった。

「でも、家族で国を分かつなんてことにならなくて、良かったわ」

完全に巻き込まれた形の母が言う。

「だよな。隣国でも助けに行くけどさ、やっぱ陸が繋がってたほうが、すぐ行けるし」

ディオンは笑い、エルビナは私の背を叩いた。

「兄さんの言う通りよ。むしろ行き先が同じ国であることを喜ぶべきだわ。姉さんの結婚相手が卑《ひ》劣漢《れっかん》だったら、すぐ殴りに行けるもの」

みんなそう言うが、三人はどこに入れられるか分からない。収容所ではないとのことだが、どこまで信じていいものか。

「ごめんなさい、みんな」

前の人生で殺されたみんなの人生を取り戻したかった。

なのに今の人生では、私が結局、家族の人生を壊そうとしている。


出発前夜、空に満月が浮かんでいた。

かつてウェルナーに殺された夜も、こんな月が浮かんでいたと、目を細める。

時間が撒《ま》き戻ったのか。それとも、前世の記憶を引き継ぎ今を生きている、というものなのか。

どちらなのか、今でも分からない。わからないまま、私は月を見上げていた。

「……姫さま」

まるで闇から溶け出たように、ウェルナーが現れる。

彼もこの国に置いていけば私と繋がり、隣国の情報を王に伝えると疑われたのか、ファタール公爵家の面々とともに、隣国に引き渡されることとなった。そのことをウェルナーに伝えたとき、彼はただ「承知いたしました」と、新しい予定を聞くように、平坦な返事をした。

家族の方はああ言っているが、心のうちには動揺している。私を気遣って、「一緒だから良かった」と笑っているだけだ。新しい土地への不安、そしてなにより私への心配が、顕著《けんちょ》に分かった。

みんな優しくて、人ばかり想って嘘がつけない――だから利用された。

でも私の隣国行きに関して、ウェルナーは欠片《かけら》も驚いていなかった。王と共にすべてを聞いたのに、彼だけは、どこまでもいつもどおりだった。

もしかしたら、彼は、分かっていてくれているのかもしれない。隣国行きを提示された私が、何を考えているかを。かつての約束を忘れているはずがないのだから。

「ウェルナー」

隣国は、私を必要としていない。邪魔なのだ。王家と繋がりがあり、なおかつ国で注目を集めていた私が。その邪魔なものが消えれば、私の家族は捕虜とされずに済む。

そして、ウェルナーだって。

「私のことを」

――殺して。

声にする前に、彼は「侯爵はどのように処すのですか」と問う。

「え」

「今後の展望をお伺いしなければと、思いまして」

ウェルナーは私の目をはっきりと見据《す》えた。未来を見る目だった。

諦めていないのだ。彼は。

私が、自死を命じず、まだ生きて抗うと信じている。このさきの未来を、見ようとしている。

理解した瞬間、胸がいっぱいになった。

家族の幸せさえ。

そう思って生きてきた。

でももし、それ以外に願うことがあるとするならば。

私はこの男が欲しい。一生自分に縛り付けて、縛られていたい。

「……屋敷に着いたら、私は必ず侯爵を籠絡《ろうらく》する」

「籠絡《ろうらく》ですか。心？　それとも身体を？」

「すべて使う。なんでも。そして家族と、貴方を——必ず、迎えに行くわ」

覚悟を持って言いながらも、魔が差しそうになる。もういっそ、この男をここで殺してしまおうか。それすらもこの男は望むだろう。

でも、すべて私が始めたことなのだ。この男を道連れにし、捧げさせた。だから、私だってこの男とどこまでも堕ちていく。魂すべてを捧げよう。

「姫さま」

どうせこれで最後なのだからと、私はウェルナーの肩に手を置いた。背伸びをして、自分から初めての口づけをする。

「生きていて、絶対に」

今世では捨てたはずの祈りを、まさか前世で自分を殺した男に捧げるとは。

ウェルナーは取り乱すでも、興奮するでもなく落ち着き払った紳士の顔で、私の口づけを受けている。彼の存在を確かめ、記憶し、自らに消えぬ痕として刻みつけるように唇を重ねながら、愛してるでも良かったと、確かに私はそう思った。


隣国の遣いの馬車は、予定より早く来た。私、ウェルナーと両親はそれぞれの馬車に乗り込み、侯爵家と隣国の都市へと目的地を分かち出発した。

それから、馬車にのり、何日も過ぎた。時には船にのり、とうとう、「本日到着の予定です」と伝えられた。

大きな馬車の中には、私の目の前にフードを被った男が一人座っている。監視役なのだろう。馬車の速度ははやいものだから、窓を割って外に出たところで死んで終わりだ。じっと景色を見つめていると、景色は海へと近づいていった。

目を閉じると、ウェルナーの姿が思い浮かんだ。あの男は、前の世と今の世、どちらがいいのだろうか。義母と義姉に男婦として扱われ馬鹿にされ虐《しいた》げられた人生か、一人の小娘の復讐に利用され続けた今の生か。

私はウェルナーにならば、また殺されても構わない。自分を利用したと復讐されようと、受け入れられる。どこかで事故に遭《あ》うくらいなら、見知らぬ誰かに殺されるくらいなら、病にかかってあっという間に死ぬくらいなら……ウェルナーに痛みを与えられて、彼を感じながら死にたい。

あまりにもくだらない願いに、笑えてくる。

「質問をしてもいいですか？」

私は、同じ馬車に乗っている隣国エバーラストの遣いに声をかけた。私の監視役なのだろう。ローブで姿を隠し、性別は判断できないが、華奢《きゃしゃ》なのは分かる。

「どうぞ」

「愚かな一家を犠牲《ぎせい》にすれば、国の繁栄が、邪悪な者を廃せば国の滅びがもたらされるとして、私が死ねば、何が得られるのでしょうか？」

「万の屍でしょうね」

どこか聞き覚えのある声に、私は眉をひそめた。

目の前の遣いは、被っていたフードを取り、その姿をあらわにする。

「次に会えば殺すといわれていたので、顔を隠していましたが……思えば貴女は今、剣を持っていませんでしたね」

金の髪をなびかせ笑うのは、かつて男爵に襲われていた女だった。でも、ローブを取った装《よそお》いは明らかに正当な血筋を感じさせるもので、平民のものでは決してない。

「あなたは……？」

「申し遅れました。わたしの名前は、ヨハネス——貴女の国の隣の皇帝です」

思っても見なかった言葉に、私は言葉を返すことが出来なかった。

皇帝を名乗る彼は、ふっと笑みを零す。

「夏、色狂いから助けていただき、ありがとうございました」

色狂い——間違いない、宰相のことだ。あのとき、宰相は踊り子の娘を組み敷いていたと思っていたが、実際は娘ではなく——、

「……な、なぜ装《よそお》いを変えてまで、わ、我が国へ」

「私は好奇心が人より強く、閉ざされた隣の王国に潜入の真似事をしたのですよ。そうしたら、予期せず色狂いに組み伏せられましてね、いやぁ危ないところだった。他国で暴かれ殺されるなんて、

恥どころの問題ではない。とても国民に伝えられませんからね。まぁ病死とか、適当な理由づくりはされるのでしょうが」

若き皇帝はそう言って、悪戯が暴かれた子供のように笑って見せる。

隣国エバーラストの若き皇帝は病死し、エバーラストは弱体化の一途をたどる。

つまり前の人生では、彼は宰相に――、
呆然としていると、若き皇帝は柔和な笑みを浮かべた。

「まぁ、私を救った貴女とその騎士の話は、国民に伝わっています。色狂いに襲われたのは流石に言いづらいので、盗賊に変えました」

皇帝はつけたす。

「……僕の国では貴女たちは捕虜ではないのです。失態を犯し自らの命を危険に晒した皇帝を、自国民を切ってまで守った恩人。そして、奇襲作戦を仕掛け、開戦を行おうとした一部の王族に反旗を翻《ひるがえ》し、平和のために動いた聖人でもあります。つまり、これは保護なのですよ。ただ貴女は、どうしても危険因子と見られてしまうので、まだまだ爵位を持ち日が浅く、これから先、社交の機会もほとんどない、新しく爵位を就《つ》いだような侯爵に嫁いでいただくことにはなります。すみません」

「それは……承知しております。私は家族と従者が幸せでさえいてくれるなら。他には」

侯爵がどんなに加虐的でどんなに死に近い老人であろうと籠絡《ろうらく》して見せる。

「そのことに関してですが……我が国の騎士団は、よく言えば伸びしろがあり――悪く言えば成長途中です。戦《いくさ》を好まない気質がどうしても根底にあって……なのでお兄様は騎士団長補佐として、騎士団に入っていただきます」

「え……」

「そして妹君にあたっては、姉妹ともども政《まつり》による強制結婚はいささか外聞が悪いので、お好きにしていただければと思います。そして妹君も母君と暮らしていく流れにはなると思うのですが……」

「……はい」

「貴女の婚姻相手の侯爵は領地経営に自信がなく、貴女のご家族に支えていただければとの意思で、そばの屋敷に住むことになりました。川のせせらぎが聞こえる、自然豊かな屋敷ですよ」

「……なら母につけていた、私の騎士は」

私は恐る恐る問う。

家族の安全は保証された。それだけで充分幸せだと言えるのに、問わずにはいられなかった。

「先程お伝えしたとおり、彼は私を助けてくれたので、貴重な要人として、丁重におもてなしをさせていただきます」

ふっと、涙がこぼれた。今世では一切流さなかったからか、とめどなく溢れ出てくる。

なんてことだろう。こんなことがあっていいのか。

「……本当に、こんなこと……あって、いいのでしょうか。私……」

「泣かないで。夏の夜に私を脅迫した気概は、落ち葉と共に散ってしまったのですか？」

皇帝の言葉に顔を上げると、彼はくすりと笑った。

「大丈夫。幸せは、誰にでも等しくもたらされるべきものだ。辛いことがあったなら、その分幸せにならなくてはいけない」

そう言って、皇帝はこちらを見据《す》える。

「君は、我慢の多い人生だったでしょう?」

他国の皇帝が、何故それを知っているのか。

顔を上げると、彼は私が言葉を紡《つむ》ぐ前に、人差し指を自分の唇にそっと当てた。馬車が緩やかに減速し、やがて停止した。


「最後に、一つ聞いてもよろしいでしょうか」

馬車を下りて、私は王に振り返る。

「どうぞ」

「侯爵は、どんな方ですか?」

問いかけると、皇帝は意外そうな表情を浮かべた。「そういうのは最初に聞かれると思っていましたが」と苦笑する。

「実は、侯爵とは今年の秋に初めて会ったのです。ずっと国に貢献してくれていましたが、中々会ってくれなくて」

「今年の秋……?」

含みをもたせた言い方に、なにかとても深い意味があるように思えた。

「女性を一括りにし、ずっと憎み続け、取り返しのつかない過ちを犯したことがあると言っていました。業《ごう》を持って生まれ落ちた、ともね……では、貴女に幸多からんことを」

彼はそう言って、私の背を押した。後戻りは許されないように馬車の扉が閉じられる。やがて馬車は過ぎ去り、振り返った私は大きく目を見開いた。

「ウェルナー」

そこにいたのは、ウェルナーだった。上質な黒い正装を纏《まと》って、微笑んでいる。

「はじめまして。姫さま。といっても、今日からは俺の花嫁様……でもありますが……」

ウェルナーは私に近づくと、いつかのようにかしづいた。

「改めまして……この国の侯爵として、貴女の夫となりますので……以後お見知りおきを」

「……あなた、いつから隣国と通じていたの？」

「俺は、知識だけは豊富なんです。腕の立つ騎士でもありますから、案外引く手数多《あまた》だったんですよ」

「そんなことは知ってるわ。パーティーで、何度か誘われていたでしょう？　令嬢たちに」

「ええ。しかし俺は貴女の剣ですから、貴女からは離れられませんし、一生離れません」

ウェルナーは私の腕を引いて、侯爵家の屋敷の裏手へと回った。そこは崖になっていて、下を見れば波が絶え間なく揺蕩っている。

「これからは貴女を俺の手で幸せにすることだけ、大切にして生きていこうと思っているんです」

「この国の、侯爵として？」

「名ばかりの称号ですよ。後代が無能であればこの血はすぐ途絶えてしまうでしょうね」

「……私は、貴方やお母様……ディオン、エルビナ……もし、子供ができれば、その子が人並みに暮らせるのであれば、それでいいわ」

波は、ただ満ちて引いてを繰り返している。

いつの間にか夜空には星が浮かび、冷たい風が頬をなでた。

「では、その願いを叶えながら、少しずつ報酬をいただいていきましょうか」

ウェルナーはそう言って、私の手を握った。家族は生きていて、家族と私を殺した国は、長い時間をかけて消えていく。なにも恐れることはない。

「貴方に裏切られても、私は貴方に復讐なんてしないのだろうと、ここまでに来る馬車で思っていたの」

「どうしてです？」

「これも運命かと、受け入れてしまうだろうから」

「そんなことしませんよ。貴女は誰にも殺させやしない。幸せにします。絶対に……今度こそ」

ウェルナーがどうして侯爵になれたのか。

騎士団に認められる強さを持ちながらあの家にいたのか。

まるで先の未来を知っているように行動していたのか。

可能性は一つしか無いけれど、そんなことはもうどうでもいい——そう私が考えていることすら、この男はもう分かっているのだろう。

「ウェルナー」

「はい、ロエル様」

「キスをして。とびきり甘いのを、深く」

「承知いたしました」

彼はくすりと笑って、私の頬に手を当てる。

そして望み通り、甘くて深い、それでいて優しい口づけをしてきたのだった。

酬章　永久

「ねぇ聞いてよ姉さん！　今私が着ているドレス、兄さんが　パセリみたいな色って言ってくるの！　エバーグリーンって言ってるのに！　エバー！　グリーンって！」

「痛い痛い痛い引っ張るなって！　お前そんな文句言うならどうって聞くなよ！　それにただのパセリじゃなくて、パセリ収穫した後、しばらく放っておいて干からびたあとの色だって！」

「だから今度こそちゃんとしたたとえが出てくるかなって思ってるの！　なのにいっつも！　いっつも最悪な答えじゃない！」

私達が隣国に向かい、ひと月後。侯爵家の広間で、妹のエルビナがディオンの頬をつねる。

「ねぇ、姉さんどう思う？」

「とても良く似合ってるわ」

「ありがとう姉さん！　大好き」

エルビナは破顔した。ディオンが「はぁ？　ロエルも俺と言ったことと変わらないだろ？　なんでロエルには怒らないんだよ」と、目を丸くした。

「兄さんはパセリみたいって言うじゃない！」

「でもパセリ綺麗だろ？」

「食べ物に例えられるのは嫌！」

「お前この間木苺色がどうとか、柑橘《かんきつ》色がどうとか言ってのに！」

「果物はいいの！」

「なんで⁉」

聖夜祭当日、二人は相変わらず問答を繰り広げている。隣国に場所を移したというのに、全く変わらない。私は苦笑していると、側に居た母が同じように笑う。

「本当に、貴方たちは変わらないのね……もう、喧嘩しないの。ほら、聖夜祭のプティングもチキンも冷めてしまうわよ」

「お肉が冷めたら兄さんのせいよ」

「お前だろ！」

「ふたりとも、もうやめなさい」

私は二人を座るよう促《うなが》す。そして、家族と私を見て、終始微笑んでいたウェルナーに声をかけた。

「旦那様、私の兄と妹が申し訳ございません」

演技がかった声音で言う。「いえ、楽しかったです」とウェルナーは敬語を崩すこともなく首を横に振った。

私はこの新しい地で、侯爵夫人となった。といっても、ウェルナーの妻としてだ。母とディオン、エルビナはここから少し離れた屋敷に暮らしている。

エディンピアの国民はといえば、元々王家に見切りをつけつつあったこと、エバーラストの提示する暮らしや制度が良かったこと、自分たちの暮らしが変わらないのなら、いっそのことエバーラストに追従したほうがいいのではないかと、エバーラストと同盟を組むことについて、歓迎の流れがあった。

その一方で王は隠居を余儀なくされ、宰相はといえば……内乱を起こす可能性があるからと、秘密裏に葬《ほうむ》られたという。ルカとティラについてだが、ウェルナーの調べによると、出発後すぐ近くの海域で嵐が起きたらしく、無事にたどり着いているか分からないとのことだった。

ディオンはこの国の騎士団で、皆を鍛えているらしい。それだけでなく、熊の討伐についても教え、特に年配の人から可愛がられている様子だった。エルビナは学園に通う事となり、日々課題に取り組んでいる。ともに学ぶ生徒たちは優しく、学園の話をするエルビナは、とてもいい笑顔をしていた。母は……母のほうが不慣れなはずなのに、早くも周囲で暮らす夫人たちの相談役となっていた。支配……しているわけではないと思いたい。

そうして、いつも忙しくしている三人だが、今日は聖夜祭だからと、屋敷に遊びに来てくれた。

エルビナ、ディオンが席に付き、そのあと母が座る。私とウェルナーも一緒に座って、それぞれグラスを手に取った。こういった場で言葉を発するのは、侯爵となったウェルナーであるべきだ。視線を送ると、彼は「貴女であるべきです」と、口を閉じた。

私は家族と――夫となったウェルナーを見て、微笑む。

「それでは、素晴らしい夜に。そしてこの一年、困難はあれどこうして皆で集まれたことを祝して」

そして、あなたたちが生きていることに、感謝して。

侯爵となったウェルナーの仕事は、エバーラストの皇帝に任されたこの地の管理だ。屋敷の名義も彼のもの。そんな彼と結婚したことで、必然的に私は彼を支える立場になった。

「旦那様」

母たちが帰った屋敷の寝室で、寝台に座るウェルナーに声をかける。彼は「夫にはなりましたが貴方の主ではないですよ」と、訂正してきた。

「俺は貴方のものですからね」

「結婚したのに？」

「書類上貴方は俺のものですが、絶対不可侵の前提として、俺は貴方のものなのです」

「でも私、ウェルナーになら、支配も掌握もされて構わないわ」

今世の別れを覚悟したからか、思っていても言わなかった言葉がすらすら口をついて出ていく。

ウェルナーはやや顔を赤くして私から視線を逸《いっ》した。

「侯爵を籠絡《ろうらく》すると仰っていましたが、死んでしまいそうです」

「それは困るわ。貴方にはずっと私についていてもらわなくてはいけないのに」

そう言うと、彼は無言で私を抱え、自分の膝にのせた。私は彼の頬に触れ、口づけをする。段々深いものに変わる。私から唇を奪う時、最初は驚いていたのに、最近ではもっともっととねだってくるから、それはそれで手がかかるし、可愛いとすら思うようになった。

「そんなこと言われると、何もかも奪ってしまいたいと、思ってしまいますよ」

「どうぞ？　私、貴方に奪われるの大好き」

ウェルナーには何を奪われても構わないとすら思う。それと同時に何もかも奪ってやりたいと思う。こんな暴力的な衝動を抱えあって生きていってもいいのだろうか。そんなふうに思うけど、生き方を決めるのは私とウェルナーだけでいいのだろう。私達が選んだことなのだ。すべて。

「ロエル」

ウェルナーは、嗜《たしな》めるように私の名を呼んだ。最近、彼は姫様ではなく、私の名を呼ぶ。結局姫様と呼ぶのは何なのか、問いかけると、ロエルと名前を呼ぶのは、たとえ様付けであっても恐れ多かったらしい。そのわりに彼は私から「ウェルナー」と呼ばれることを好み、どうやら名前を呼ぶというのは彼の中で神聖なことらしかった。

「お嬢様」は、凡庸《ぼんよう》。「王妃様」だと、アグリ王妃がいる。姫や王女という存在がなかったために、姫と呼んでいたらしい。姫呼びを嫌がられれば、王女様と呼ぶ……なんてウェルナーは言っていた。

「ふふ、もっと名前を呼んで」

きっと今、ロエルと呼ぶようになったのは彼の中で区切りがついたのだろう。

「ロエル、愛しています。ずっと、ずっと……」

ウェルナーが私を抱きしめる。

私は彼の首筋を舐める。支配されたいし、支配したい。奪われたいし、奪いたい。全部ひとつとなって、どこまでも、どこまでも一緒に。

「私も、貴方を愛してる」

だから絶対、何があっても離してやらない。

「私は今、とても幸せ。だから、ずっとそばにいて。それが私の、願い」

次に、ウェルナーの唇にキスをした。何度しても足りない。

だから一生、どこまでも一緒にいてもらう。

地獄の底でも彼がいれば、楽園になる。

【参考図書】

［図説］毒と毒殺の歴史　著者ベン・ハバード　序文ソフィー・ハナ　訳者上原ゆうこ　原書房
犯罪学大図鑑　DK社　訳宮脇孝雄　遠藤裕子　大野晶子
色・季節でひける花の辞典８２０種　金田初代　金田洋一郎　株式会社西東社
ちいさな手のひら辞典　花言葉　ナタリー・シャイン著　ダコスタ吉村花子　翻訳　株式会社グラフィック社
完訳ペロー童話集　新倉朗子訳　岩波文庫
完訳グリム童話集2　金田鬼一訳　岩波文庫

この作品に対する皆様のご意見・ご感想をお待ちしております。

おハガキ・お手紙は以下の宛先にお送りください。

【宛先】

〒150-6008 東京都渋谷区恵比寿 4-20-3 恵比寿ｶﾞｰﾃﾞﾝﾌﾟﾚｲｽﾀﾜｰ８Ｆ
（株）アルファポリス　書籍感想係

メールフォームでのご意見・ご感想は右のＱＲコードから、
あるいは以下のワードで検索をかけてください。

アルファポリス　書籍の感想　検索

ご感想はこちらから

悪徳令嬢《あくとくれいじょう》はヤンデレ騎士《きし》と復讐《ふくしゅう》する

稲井田そう（いないだ　そう）

2023年 11月 5日初版発行

編集－飯野ひなた
編集長－倉持真理
発行者－梶本雄介
発行所－株式会社アルファポリス
〒150-6008 東京都渋谷区恵比寿4-20-3 恵比寿ｶﾞｰﾃﾞﾝﾌﾟﾚｲｽﾀﾜｰ8F
TEL 03-6277-1601（営業） 03-6277-1602（編集）
URL https://www.alphapolis.co.jp/
発売元－株式会社星雲社（共同出版社・流通責任出版社）
〒112-0005 東京都文京区水道1-3-30
TEL 03-3868-3275
装丁・本文イラスト－ふぁすな
装丁デザイン－AFTERGLOW
（レーベルフォーマットデザイン―ansyyqdesign）
印刷－中央精版印刷株式会社

価格はカバーに表示されてあります。

落丁乱丁の場合はアルファポリスまでご連絡ください。

送料は小社負担でお取り替えします。


ISBN978-4-434-32836-7 C0093